LA

FILLE DE CARILÈS

PARIS. — IMPRIMERIE DE E. MARTINET, RUE MIGNON, 2

Mme COLOMB

LA
FILLE DE CARILÈS

LE PETIT PRINCE ULRICH

NEDJI LA BOHÉMIENNE — LA BONNE MITCHE

Ouvrage illustré de 96 vignettes

PAR

Ad. MARIE

PARIS

LIBRAIRIE HACHETTE ET Cie

79, BOULEVARD SAINT-GERMAIN, 79

1874

A

M. JULES GIRARDIN

AUTEUR DES *BRAVES GENS*

———

Puisque vous acceptez mon livre,
Sans crainte aux lecteurs je le livre;
Les lecteurs seront indulgents,
Car votre nom sur cette page
Doit me garantir le suffrage
　　Des *braves gens*.

J. COLOMB.

Voilà le père Carilès !

LA FILLE DE CARILÈS

CHAPITRE PREMIER

Pleurez, pleurez, petits enfants,
Vous aurez des moulins à vent !

Quand on veut exprimer d'un seul coup qu'un être est connu de tout le monde dans une ville, si connu qu'il suffit de prononcer son nom pour que chacun se dise avec conviction : « Ah oui ! » et se représente immédiatement, sans aucun effort, la figure, la tournure, le caractère, les habitudes, enfin toute la silhouette physique et morale de l'être en question, on dit : Connu comme le loup blanc ! et personne n'en demande davantage.

1

Pourquoi cela? et comment se fait-il qu'on accepte
l'existence du loup blanc comme un fait indiscutable?
C'est ce que je n'ai jamais pu comprendre; car qui
peut se vanter d'avoir vu un loup blanc? Mais enfin,
c'est passé en proverbe, et il n'y a pas à revenir là-
dessus. Eh bien, à Nantes, il y a environ vingt-cinq
ans, on ne disait pas : « Connu comme le loup blanc ; »
on disait, avec beaucoup plus de raison : « Connu
comme Carilès. »

Qui était-il, et d'où venait-il? Deux problèmes in-
solubles : il n'en savait peut-être rien lui-même. Il y
avait déjà bien longtemps qu'on le voyait, dès que
brillait un rayon de soleil, parcourir les rues de Nantes,
depuis Chantenay jusqu'au Séminaire, depuis Saint-
Jacques jusqu'à Barbin : « Voilà le père Carilès! »
disaient les petits enfants, du plus loin qu'ils enten-
daient certaines notes de flageolet, toujours les mêmes :
« Mère, voilà le père Carilès! » Les mères savaient
ce que cela voulait dire, et il fallait que l'enfant eût
commis quelque méfait bien noir pour qu'on lui refusât
le son qu'il demandait par ces mots : « Voilà le père
Carilès! » Le flageolet se taisait, et une voix pleine de
séductions faisait entendre le refrain :

> Pleurez, pleurez, petits enfants,
> Vous aurez des moulins à vent !

Puis Carilès apparaissait au tournant de la rue, chargé
de son grand bâton, une immense tête de loup faite de
petits moulins dont les ailes de papier tournaient au vent.

Il y en avait de roses, de jaunes, de verts, de bleus, de toutes les couleurs : c'était une joie rien que de les voir groupés en bouquet monstrueux ; c'était une joie bien plus grande encore d'en tenir un dans sa main, de le contempler, de souffler dessus, de le planter à la fenêtre dans un pot de giroflée ou de réséda, et de guetter la brise, qui daignait mettre en mouvement ses ailes de carton, tout comme celles des grands moulins, des moulins à moudre le blé ! On a fait depuis pour les enfants des poupées qui ont des diamants et des cachemires, et une foule de joujoux  très-chers et très-compliqués ; il ne m'est pas prouvé qu'ils soient plus amusants que les moulins de Carilès.

Mais qu'était-ce donc que Carilès ? Un marchand de moulins à vent, nous l'avons dit. Au physique, un homme de cinquante à soixante ans, ni beau ni laid, assez mal peigné, et peu soigné dans sa toilette, qui se composait invariablement d'un vieux pantalon gris, d'une longue redingote vert-bouteille que les gens d'âge appelaient une lévite, et d'une casquette à oreilles, avec une grande visière de cuir bouilli. Carilès portait une longue barbe grise qui l'eût fait ressembler au Juif errant, s'il avait supprimé sa casquette. Mais la casquette du père Carilès faisait partie de sa tête, et cela nuisait à la ressemblance ; car on ne se représente pas volontiers le Juif errant avec une casquette.

Le père Carilès avait l'habitude de prévenir les gens
de son passage en tirant quelques sons aigus d'un flageolet de pacotille, dont il ne jouait ni mieux ni plus mal
que tous les gamins qui en achètent de pareils à la foire.
Il ne se croyait pas musicien pour cela, en quoi il avait
bien raison ; c'était tout simplement pour lui comme
une espèce de sifflet. Il marchait en se dandinant un
peu, ce qui imprimait à ses moulins un mouvement
propre à les faire admirer sous toutes leurs faces. Les
mauvaises langues prétendaient que les cabaretiers de
Nantes auraient pu dire où il avait acquis cette marche
hésitante ; mais les mauvaises langues vont toujours
plus loin qu'il ne faut. Si Carilès aimait à se rafraîchir,
on ne pouvait pas dire qu'il bût plus qu'il n'avait soif :
il avait plus soif qu'un autre, voilà tout. Une seule fois,
on l'avait vu trébucher et rouler dans un ruisseau avec
toute sa marchandise ; mais il y avait bien dix ans que
c'était arrivé : Carilès savait compter, quoiqu'il ne sût
pas lire, et il ne s'était plus exposé à la perte énorme
d'un chargement complet de petits moulins.

Au moral, qu'était-ce que le père Carilès ? Bien fin
qui eût pu le dire : le fait est qu'au moral Carilès n'existait presque pas. Il n'était certes pas méchant, car il
n'avait jamais fait de mal à personne ; mais il n'était pas
bon non plus, puisqu'il ne faisait pas de bien. Le trait
principal de son caractère était une immense insouciance,
qui traînait à sa suite une immense paresse. Il n'était ni
douillet, ni gourmand, ni amoureux de ses aises ; il ne
se souciait nullement du bien-être ni du confortable, et

tenait par-dessus tout à se donner le moins de peine possible. Pour qui s'en serait-il donné? Il était seul au
monde. Pour lui-même? On ne se donne de peine pour
soi qu'autant que cela vous fait
plaisir, et Carilès ne trouvait aucun
plaisir à une occupation quelconque.
Il faisait des moulins à vent, et il
les vendait; quand il en avait vendu
assez pour fournir à sa dépense du
jour, il rapportait chez lui son fardeau et s'en allait fumer sa pipe
en plein air. Il n'avait pas d'économies, mais il n'avait pas de dettes
non plus.

Si le père Carilès eût vécu dans la Grèce antique, il
aurait habité un tonneau et bu dans le creux de sa main;
mais la philosophie cynique n'étant plus de mode, il
buvait chez le marchand de vin et habitait un bouge,
demeure moins agréable assurément que le tonneau de
Diogène, avec lequel on pouvait changer de site à volonté.
Dans ce bouge, il avait eu longtemps pour tout mobilier un tronçon d'arbre non équarri, où il s'asseyait, et
une couverture dans laquelle il se roulait pour dormir.
Depuis quelques années, il avait hérité de la paillasse
d'un voisin, d'un escabeau, et d'une table un peu boi-
teuse, qui ne trouvait son aplomb que quand on l'ap-
puyait contre le mur; elle servait à Carilès d'atelier pour
la confection de ses moulins. Sa chambre était située au
quatrième étage d'une maison très-habitée, et même

assez mal habitée. De toutes les portes sans cesse entr'ouvertes sur tous les paliers, on voyait continuelle-
ment sortir des troupes de marmots en guenilles, qui se
répandaient sur l'escalier; on entendait à tous les étages
des cris, des disputes, des reproches, le tout dans un
style peu châtié; mais peu importait à Carilès. Il ne lui
importait pas davantage que la voisine du troisième eût
été citée en police correctionnelle pour vol, que le fripier
du rez-de-chaussée exerçât la profession de recéleur, et
que d'autres habitants de la maison eussent été emme-
nés au violon pour tapage nocturne : il avait juste assez
de délicatesse pour ne pas commettre ces actions blâma-
bles, mais il n'en avait pas assez pour qu'elles le cho-
quassent chez les autres. Ce n'est donc pas un paradoxe
de dire que, comme être moral, le père Carilès n'existait
guère.

La maison de Carilès.

CHAPITRE II

Inventaire après décès.

La maison où demeurait Carilès était située dans une petite rue voisine de la place Bretagne. Ce quartier-là est dans Nantes un petit monde à part ; il n'a pas la majesté du quartier des Cours, ni l'opulence un peu gourmée des alentours de la place Graslin, ni l'animation du centre de la ville, ni la bonhomie de l'île Feydeau ; il a sa physionomie propre, et l'on y voit des choses qui ne se voient pas ailleurs. D'abord, la principale de ses rues, la rue Contrescarpe, offre à presque toutes ses boutiques des étalages à faire pâmer un peintre. Ce sont des meubles de toutes les époques, des faïences, des cuivres, des

débris d'ancienne splendeur, des loques qui ont été du
velours et d'autres loques qui ont été de l'indienne ; tout
cela mêlé, confondu dans le désordre le plus pittoresque.
Quels portemanteaux étrangement garnis ! On trouve là
des vêtements comme nos grand'mères se souviennent
d'en avoir vu dans leur enfance, et des chapeaux comme
personne n'en a jamais connu, tant l'âge les a déformés;
et, les jours de marché, toutes ces dépouilles sans nom
sortent des antres qui les recèlent, et vont s'étaler au
grand soleil sur la place Bretagne, qui ressemble alors à
un vaste damier divisé en carreaux de diverses couleurs.
A l'autre bout de la place se dressent les baraques des
saltimbanques (il y en a presque en toute saison). La
grosse caisse tonne, la trompette mugit, le fifre piaille,
et les clowns s'égosillent à vanter les merveilles qu'ils
présentent à l'admiration du public. Tout autour de la
place, des hôtelleries de l'ancien temps, aux enseignes
engageantes du *Lion d'Or*, de la *Boule d'Or*, ou du *Chêne
d'Aaron*, offrent un asile aux voyageurs et logent à pied
et à cheval.

Un soir Carilès revenait chez lui. Il avait fait une
assez bonne journée : de quoi vivre sans rien faire tout
le lendemain! de quoi entrer aussi chez le compère
Michaud, l'aubergiste du *Chêne d'Aaron*, et y boire une
chopine de petit vin de Vallet! Le père Carilès entra.

Il y avait là, assis à une table, trois personnages
d'assez mauvaise mine, qui mangeaient et buvaient, et
avec eux une toute petite fille, pâle et souffreteuse, qui
paraissait accablée de fatigue ou de chagrin. Ses yeux

La petite fille paraissait accablée de fatigue

2

étaient rouges, et elle avait certainement beaucoup
pleuré ; pour le moment elle n'avait plus même la force
de pleurer, et elle cherchait à croiser sur la table ses
maigres petits bras nus pour y reposer sa tête ; mais à
chaque instant le sommeil la prenait ; ses petits bras
glissaient alors et quittaient la table, et l'enfant tombait
sur un de ses compagnons, qui la remettait rudement sur
le banc. L'un d'eux se leva enfin.

« Tiens, puisque tu t'endors, va dormir là, » lui
dit-il.

Il alla la porter sur la pierre du foyer, l'appuya
contre la cheminée et vint se rasseoir. La petite étendit
vers le feu ses pieds chaussés de souliers rouges, et
parut contente de se réchauffer. On était en hiver, et son
maillot couleur de chair ne suffisait pas à la préserver
du froid, non plus que sa jupe de mousseline ornée de
paillettes. Les hommes qui l'avaient amenée portaient,
eux aussi, des costumes de saltimbanques ; mais ils
avaient eu soin d'endosser par-dessus leurs pourpoints
de théâtre de chaudes limousines de charretiers.

« La voilà qui s'endort, » dit l'un d'eux. La petite
s'était en effet blottie dans un coin et ne bougeait plus.

« Parlons de nos affaires alors, dit un autre. A présent que la patronne est morte, qu'est-ce que nous
allons faire ? La représentation n'a pas été fameuse, ce
soir : trois francs six sous de recette ! il n'y a pas moyen
de continuer sur ce pied-là. Qu'en dis-tu, Voltigeur ?

— Moi, dit le personnage interpellé, j'ai à dire que je
m'en vas. J'ai déjà parlé au maître de la grande baraque

du bout de la place ; seulement il faut d'abord régler nos
intérêts.

— Quels intérêts ? demanda le paillasse, qui n'avait
pas encore parlé, étant trop occupé à boire.

— Tiens ! nigaud ! est-ce qu'il n'y a pas un partage à
faire ? La patronne est morte, nous sommes ses héritiers ;
nous nous séparons, il faut partager le fonds de commerce. Voilà !

— Ah ! c'est vrai ! fit le paillasse. Alors je prends le
singe : nous avons l'habitude de faire des tours ensemble.

— Moi, je garde l'établissement, reprit celui qui avait
parlé le premier.

— Tu n'es pas dégoûté ! Il est toujours le même,
Lavocat ; il se fait la grosse part.

— Puisque je suis le plus éloquent ! Est-ce que vous
sauriez faire la parade, vous autres ? Je vous laisse le
singe, l'écureuil et les autres bêtes, et puis vos costumes
et vos instruments.

— Et Miette ?

— Tiens ! c'est vrai. Qu'est-ce qu'on peut faire d'elle ?

— Elle n'est bonne à rien : il faut l'envoyer à l'hôpital, dit Paillasse.

— Elle peut faire la quête, interrompit Lavocat ; elle
est si petite ! elle intéresse le public. Et puis, en la nour-
rissant d'une certaine façon, il ne serait pas difficile de
l'empêcher de grandir, et l'on aurait alors une naine à
enfoncer Tom Pouce et tous les autres.

— Ça n'est pas sûr ! dit Voltigeur. Ce que c'est que la

sensiblerie ! Sa sotte de mère n'a jamais voulu permettre
de lui assouplir les membres ; petite et leste comme elle
est, elle aurait fait une artiste premier choix. A présent
il est trop tard.

— Tard ? Elle a six ans, tout au plus : il est encore
temps. Nous essayerons, et, si ça réussit, je me charge
de son éducation.

— Alors, tu nous devras une indemnité, si tu gardes
la baraque et la petite.

— Il faudra voir ce qu'elle vaudra, la petite ; si elle
devient estropiée, au lieu d'être bonne à faire des tours...

— Tu auras encore la ressource de la mettre à l'hôpital.

— On ne peut toujours pas la comprendre dans le
partage, pour le moment.

— Bon, on verra. Paillasse, passe-nous le vin ; tu le
gardes tout pour toi. Nous avons à partager : un singe,
quatre chiens savants, un écureuil, cinq instruments de
musique, un costume de marquis, un costume de Turc...
Tiens ! où donc est passée la petite ? »

Paillasse et Voltigeur se retournèrent vivement : l'enfant avait disparu.

« Partie ? pas possible ! dit Paillasse ahuri. Je l'ai
encore vue il n'y a qu'un instant, pendant que je me
versais mon dernier verre de vin. Elle doit jouer avec
le chat, qui vient de passer par là tout à l'heure.

— Miette ! ici ! » cria Voltigeur, de sa grosse voix.

Personne ne répondit à son appel. Ce fut en vain que
les saltimbanques fouillèrent dans tous les coins de la

salle, interrogèrent l'hôte, la servante et les buveurs; personne ne put leur dire ce qu'était devenue la petite fille : elle s'était évanouie comme un feu follet.

« Ah ! la mauvaise petite bête ! s'écria Lavocat. Elle a fait semblant de dormir; elle nous a entendus et elle a voulu nous échapper. Mais nous la rattraperons. Prenons chacun une rue, et cherchons : elle ne peut pas être loin. »

Et ils sortirent tous les trois.

Elle grimpa dans le râtelier.

CHAPITRE III

Rencontre au pied d'une borne.

Miette n'avait pas fait semblant de dormir; l'inno-
cente était bien incapable d'accueillir une idée aussi
compliquée que celle-là. Seulement, au moment où
ses yeux commençaient à se fermer, elle avait entendu
parler de la « patronne », et ce mot avait suffi pour
la réveiller complétement. La patronne ! cette femme
qu'on avait portée en terre le matin, et dont les trois
saltimbanques se partageaient les dépouilles, était sa
mère à elle, Miette! C'était la seule personne qui lui eût
jamais montré de l'affection. Miette se souvenait vague-
ment d'avoir eu un père, qui s'était tué en tombant, un

jour qu'il dansait sur la corde. Depuis ce jour-là, sa
mère était restée triste; elle pleurait souvent et se montrait parfois brusque envers Miette. Voltigeur était venu
habiter la baraque, pour danser sur la corde à la place
du père de Miette; et l'enfant se rappelait que bien des
fois, quand on la croyait endormie, ces trois hommes,
Voltigeur, Paillasse et Lavocat, avaient cherché querelle à sa mère, qu'il était question d'elle, qu'ils voulaient lui faire du mal, et que sa mère la défendait. La
pauvre petite avait toujours eu peur d'eux sans savoir
pourquoi, et maintenant elle se trouvait sans défense
entre leurs mains! Elle les écoutait; tout à coup elle
frémit; elle avait compris ce qu'ils disaient. Miette fut
saisie d'une terreur profonde, et, voyant une porte
ouverte, elle y courut, et s'enfuit sans regarder derrière
elle.

Elle se trouvait dans la cour de l'hôtellerie. Au fond
d'une écurie, située de l'autre côté de la cour, elle vit
briller une lanterne : elle entra. Au-dessus du râtelier
où mangeaient les chevaux, elle aperçut une lucarne
dont la vitre était cassée. S'aidant d'une fourche appuyée
contre le mur, elle grimpa dans le râtelier, parvint à la
lucarne, se pencha, et vit au-dessous d'elle une petite
rue sombre où l'on avait rangé des charrettes vides;
l'une de ces charrettes, avec sa capote de cerceaux re-
couverts de toile, montait presque jusqu'à la lucarne.
Miette sortit ses petites jambes, les laissa pendre un
instant, mesura la distance et sauta. Elle ne se fit pas de
mal; elle glissa doucement jusqu'à terre, et reprit sa

course, effrayée au moindre bruit, retenant son haleine, et croyant entendre de tous les côtés des pas et des voix qui la poursuivaient. Elle quitta sa rue pour une autre, puis celle-ci pour une troisième, effarée, ne sachant où elle allait, et cherchant seulement à s'éloigner de ses persécuteurs. Cependant la nuit se faisait de plus en plus noire ; Miette, brisée de fatigue, ne se soutenait plus qu'à peine. Plusieurs fois, elle tomba, se releva, fit quelques pas encore ; enfin, son pied rencontra un caillou qui la fit trébucher. Dans sa chute, cette fois, son front se heurta à une borne de pierre placée contre la porte d'une maison, et la douleur fut si violente, que l'enfant s'évanouit.

Pendant qu'elle gisait là, glacée et mourante, les saltimbanques, croyant qu'elle était sortie par la grande porte du *Chêne d'Aaron*, la cherchaient sur la place et dans les rues voisines ; et Carilès, ayant fumé sa pipe et bu sa chopine de vin de Vallet, prenait congé de l'hôte et se dirigeait vers son logis. Il sifflotait pour se réchauffer, car il avait froid, et une bise aigre s'était levée après le coucher du soleil. Il longea quelques instants les maisons de la place, et prit une rue qui tournait à gauche et s'enfonçait entre les pâtés de maisons situés derrière l'hôtellerie.

« Fait-il noir ! se disait-il. Encore si ma pipe n'était pas éteinte, elle m'éclairerait un peu ; mais le moyen de la rallumer avec un pareil vent ! C'est égal, je ne dois pas être loin de chez moi, et je crois que je peux commencer à tâter les portes, pour recon-

3

naître la mienne... Hein !... qu'est-ce que c'est que
cela? »

Cela, c'était le pauvre petit corps de Miette, que le
pied de Carilès venait de rencontrer d'une façon fort
inattendue. Carilès surpris recula d'un pas, et chancela ;
heureusement qu'il se retint, sans quoi il serait tombé
sur Miette ou sur la borne, ce qui eût été fâcheux
pour la petite fille ou pour lui. Mais il lâcha ses moulins, qui tombèrent à terre. Rentré en possession de
son équilibre, il s'en vint reconnaître la cause de son
accident.

« Un paquet de linge? se dit-il. Non, c'est vivant.
C'est bien petit. Un enfant, je crois. Qu'est-ce qu'il peut
faire au coin de ma borne? Il ne fait pas un temps à
dormir dans la rue. Pauvre petit diable ! je vais le réveiller, et je lui ferai cadeau d'un moulin à vent, s'ils ne
sont pas tous aplatis. »

Tout en parlant, il avait ouvert sa porte, et, abrité
contre le vent, il avait allumé une allumette, pour se
rendre compte de la situation. Il vit à ses pieds ses moulins, qu'il ramassa, et, près de la borne, Miette toujours
inanimée.

« Tiens ! c'est la petite fille de ce soir. Comment
a-t-elle fait pour venir de ce côté-ci? Elle s'est fait mal,
elle saigne, et elle ne bouge pas plus qu'une morte. Et
le fait est qu'elle pourra bien être morte demain matin,
si elle reste toute la nuit au froid, sur le pavé. Comment
faire? S'il passait quelqu'un dans la rue, il me dirait
peut-être où la porter ; mais il ne passe plus personne à

cette heure-ci. On ne peut pourtant pas la laisser là : je vais voir s'il y a dans la maison quelque femme qui veuille s'occuper de cette petite. »

Et Carilès releva l'enfant, entra avec elle, et ferma la porte.

Miette but avec avidité.

CHAPITRE IV

Où commence l'éducation du père Carilès

Tout dormait déjà dans la maison; en montant l'escalier, Carilès eut beau regarder à
toutes les portes, il n'y vit pas briller la moindre raie de lumière; il
eut beau tendre l'oreille, il ne saisit
pas d'autre bruit que des ronflements
qui se répondaient d'étage en étage;
si bien qu'il arriva chez lui sans
avoir trouvé à se débarrasser de
Miette. Il ne lui vint pourtant pas
à l'esprit de la reporter au pied de la borne. Il la

déposa sur sa paillasse, et alluma pour la regarder un
bout de chandelle de résine.

« Pauvre petite ! se dit-il. Est-il possible de voir un
pauvre être aussi abandonné que cela ! Elle n'est point
laide, ma foi ! Six ans ? Pas possible ! les enfants de six
ans ne sont pas si petits que cela. Je dois bien le savoir :
j'en vois assez, d'enfants, depuis le temps que je leur
vends des moulins. Comment la faire revenir ? Petite !
petite ! Elle ne répond pas. Ses mains sont comme de la
glace. Si je faisais du feu ? C'est cela ! J'ai encore la provision de bois que le voisin m'a laissée. »

Carilès courut à la provision de bois. Il était bien sec,
ce bois, car il y avait trois ou quatre ans qu'il habitait
un coin de la chambre de Carilès. Il fut bientôt rangé
dans la cheminée et mis en contact avec une allumette
et une poignée de débris de papier et de carton, rognures
des petits moulins. L'allumette flamba, le papier aussi,
et le bois petilla joyeusement ; on eût dit qu'il était heureux de subir enfin sa destinée. Carilès alla reprendre
Miette sur sa paillasse, s'assit sur l'escabeau, devant
le feu, et présenta à la flamme sa large main, dont il se
servit ensuite pour frictionner doucement les membres
roidis de la pauvre enfant.

Au bout d'un moment, Miette se détendit à cette douce
chaleur, et reprit le sentiment.

« A boire ! balbutia-t-elle.

— A boire ! murmura Carilès consterné. Et dire que
je n'ai pas une goutte de vin ici ! C'est tout simple : moi,
quand j'ai soif, j'entre dans un cabaret ; il n'en manque

pas, Dieu merci. Mais où est-ce que je vais lui trouver
à boire?

— Maman, de l'eau ! dit l'enfant avec angoisse.

— Pauvre petite, elle a oublié que sa mère est morte !
De l'eau? c'est vrai, au fait, on peut
boire de l'eau, on peut très-bien
boire de l'eau. Attends, attends, j'en
ai par ici. »

Il alla prendre le vieux pot à confitures un peu ébréché où il mettait
ses ailes de moulin toutes taillées, et
le remplit de l'eau de sa cruche ;
puis il revint à Miette, la souleva dans ses bras et
approcha le vase de ses lèvres. Miette but avec avidité ;
puis elle ouvrit les yeux, et, voyant tout près de son
visage ce visage inconnu, peu séduisant avec sa longue barbe grise et ses cheveux incultes, elle fut saisie
d'une telle épouvante, qu'elle sauta à bas de la paillasse pour s'enfuir. Mais ses jambes tremblaient si fort
qu'elle ne put se soutenir. Carilès la saisit juste à temps
pour l'empêcher de tomber, et la recoucha sur la paillasse en la caressant comme il eût fait à un petit animal
sauvage.

« Allons, la mignonne ! allons, la petite ! soyons sage,
ou nous nous ferons du mal. Encore un petit coup d'eau
fraîche ? Non ? Retournons près du feu alors, et puis nous
laverons cette tête qui saigne. Il ne faut pas avoir peur
comme cela : je ne mange pas les petits enfants, j'aime
mieux du pain et du fromage. »

Et à cette ingénieuse plaisanterie, Carilès éclata de
rire.

Miette se taisait.

Elle ne fit aucune résistance lorsque Carilès la reprit
sur ses genoux pour la chauffer. Pâle, les dents serrées,
ses yeux bleus tout grands ouverts avec un regard fixe,
elle offrait l'image du désespoir.

Cet homme qu'elle n'avait jamais vu, ce galetas sinis-
tre, à peine éclairé par le feu, car la chandelle de résine
achevait de se consumer, tout lui paraissait effrayant.
Bien sûr, les saltimbanques l'avaient reprise, et c'était
cet affreux homme à barbe grise qui était chargé,
comme avait dit Lavocat, de lui assouplir les membres
ou de l'empoisonner pour l'empêcher de grandir. Elle
ne pouvait pas se sauver, elle ne pouvait pas lutter,
elle toute faible et toute petite : elle était vaincue,
elle était perdue ! à quoi bon résister ? Mais son cœur se
révoltait contre l'injustice et se gonflait de haine, pendant que le bon Carilès, ne se doutant pas de ce qu'elle
pensait, lui réchauffait les pieds, l'asseyait commodément sur ses genoux et lui faisait un fauteuil de ses bras.

« Voyons, la mignonne, lui disait-il, comment t'appelles-tu ? Tu ne veux pas parler ? Je te dirai bien mon
nom, moi : je m'appelle le père Carilès. Tu n'as pas l'air
de connaître ce nom-là ! On voit bien que tu n'es pas de
Nantes ; ici tous les petits enfants me connaissent : les
enfants sages, bien entendu. Veux-tu un moulin à vent ?
Tiens, en voilà un beau avec des ailes rouges. On souffle
comme cela pour faire le vent du nord : pfïu ! et il tourne ;

Tiens, voilà un beau moulin avec des ailes rouges.

4

et comme ceci pour faire le vent du sud : pffu ! et il
tourne de l'autre côté. C'est joli, hein ? »

Miette avait laissé placer le moulin dans sa main lan-
guissante ; elle lui accorda un regard et essaya même de
souffler dessus. Mais elle le laissa aussitôt retomber sur
le foyer, où Carilès le sauva du supplice du feu.

« Tu n'en veux pas ? tu es trop fatiguée, n'est-ce pas ?
Allons, ce sera pour demain ; il sera bien plus beau à la
clarté du soleil, et tu le feras tourner à la fenêtre.

» Donne ton petit front, que je le lave. Bon ! la plaie
est déjà fermée, ce ne sera rien. On va dormir comme
une belle fille, et demain on jasera comme une petite pie.
Bonne nuit, la mignonne ! »

Et Carilès coucha Miette sur la paillasse, en ayant soin
d'en relever un bout, qu'il appuya contre le mur pour
lui faire un traversin ; car il voulait lui mettre l'oreiller
sur les pieds, un oreiller de plume de poulet, qu'il devait
à la reconnaissance d'une marchande de volailles à qui
il avait procuré la clientèle du *Chêne d'Aaron*. Il ôta sa
lévite, qu'il étendit soigneusement sur l'enfant, se roula
dans sa vieille couverture, et se coucha en travers devant
le reste du feu. Miette ne bougea pas ; accablée de fatigue, elle ferma les yeux, et s'endormit bientôt profon-
dément.

On n'avait jamais vu Carilès sans sa lévite.

CHAPITRE V

Réveil et terreur.

Lorsque Carilès se réveilla, l'aube grise pénétrait à travers les carreaux peu nettoyés de sa chambrette. Il se sentit un peu endolori, et ne comprit pas tout de suite pourquoi. Il se mit sur son séant, étira ses longs bras, se leva et étira ses longues jambes ; puis il regarda Miette qui dormait toujours.

« Pauvre agneau ! se dit-il, comme elle était fatiguée ! Je suis un peu moulu, ce matin, d'avoir couché par terre : ce que c'est que de s'habituer au luxe ! Et puis il faut dire que je n'ai plus quinze ans. Ah çà, quand elle aura dormi, il faudra qu'elle mange. Qu'est-ce que ça

mange, les petites filles? Du lait, je crois : du moins il
y en a beaucoup qui viennent m'acheter des moulins
avec leur écuelle de soupe au lait dans la main. Je vais
lui faire de la soupe au lait ! »

Carilès prit son unique petit pot de terre, se coiffa de
sa grande casquette, et sortit avec précaution, en refer-
mant la porte derrière lui.

« Tiens ! dirent les locataires qui le virent passer, le
père Carilès qui n'a pas sa lévite ! »

Le fait est que c'était une chose extraordinaire. On
n'avait jamais vu Carilès sans sa lévite. Il est vrai que
jamais non plus la lévite n'avait servi de couverture à
une petite fille endormie.

La petite fille s'éveilla bientôt après le départ de
Carilès. Elle ouvrit les yeux et les referma ; elle les rouvrit et regarda autour d'elle. Où était-elle, la pauvre
petite Miette, et comment était-elle venue dans cette prison ? Car c'était une prison, bien sûr, que cette chambre
froide et sale, avec sa paillasse, sa petite table, rien
qu'un tronc d'arbre pour s'asseoir, et une cruche dans
un coin. Miette savait que c'était là un vrai ameublement
de prisonnier, et elle chercha des yeux la grosse chaîne
qui ne pouvait manquer d'être fixée au mur. De grosse
chaîne, point : c'était déjà une inquiétude de moins.
Miette se leva, alla à la porte et essaya de l'ouvrir; elle
n'y put réussir. « Je suis bien en prison ! » se dit-elle avec
découragement. Elle alla à la fenêtre : elle n'était pas
assez grande pour atteindre à l'espagnolette. Elle frotta
une vitre pour voir dehors : elle ne vit que des toits.

« Comme c'est haut ! je ne pourrai jamais me sauver par là ! Il faut pourtant que je me sauve, sans cela *ils* vont revenir me prendre. » Telles furent les réflexions de Miette.

Un rayon de soleil se glissa dans la chambre : il ne l'embellissait pas beaucoup, car il en mettait en lumière toutes les toiles d'araignée ; mais les enfants aiment d'instinct la lumière, et Miette se sentit le cœur éclairé par ce rayon. D'ailleurs, il donnait juste sur le petit moulin abandonné la nuit précédente, et la petite fille ne put s'empêcher de le prendre et de le regarder. Un jou-jou ! Quelle charmante chose ! Miette n'en avait jamais eu ; sa mère gagnait tout juste leur pain quotidien et n'avait rien à donner au superflu. Miette, d'un souffle timide, commençait à faire tourner les ailes du moulin, lorsqu'elle entendit des pas d'homme dans l'escalier. Toutes ses terreurs la ressaisirent. La porte s'ouvrit, et Carilès parut. Miette ne douta pas un instant que Volti-geur, Paillasse et Lavocat ne fussent derrière lui, et, croisant ses deux bras devant ses yeux pour ne pas les voir, elle jeta un cri désespéré et courut se réfugier, le visage contre le mur, dans l'angle le plus éloigné de la chambre.

Ouvrez-moi cette petite bouche.

CHAPITRE VI

Fin du malentendu.

Carilès ne s'attendait pas à produire un tel effet, et il fallait bien que Miette ne l'eût pas regardé, pour le traiter en Croquemitaine. Il grelottait un peu, faute de lévite, mais il avait l'air de bonne humeur, réjoui qu'il était par l'idée de faire avaler à la petite fille le bon lait chaud qui fumait dans son petit pot. Il le posa sur la table, alla refermer la porte, et prit son écuelle et son pain dans l'armoire.

« Allons, la petite, allons, le petit oiseau farouche, dit-il, n'ayons pas peur : Carilès ne mange pas les petits enfants. Avons-nous bien dormi? Avons-nous faim ce

3

matin? La mère Gauvreau faisait chauffer son lait : aux premiers arrivés la bonne crème ! La voilà bien épaisse sur le petit pot. Venez manger la bonne soupe, mignonne ! »

Miette, aux accents de cette voix bienveillante, avait senti ses craintes se calmer un peu. Elle ôta ses bras de dessus ses yeux, et détourna un peu la tête...

Mais à ce moment Carilès ouvrait son couteau pour couper le pain, et le couteau de Carilès était fort grand ; il n'en avait qu'un, et comme il s'en servait pour couper dans la campagne les baguettes au haut desquelles il perchait ses moulins à vent, on comprend qu'il lui fallait un couteau solide. Miette crut sa dernière heure sonnée, et, folle d'épouvante, ne voyant nulle issue pour s'enfuir, elle vint se jeter aux pieds de Carilès en criant :

« Oh ! mon bon monsieur ! je vous en prie, ne me faites pas de mal ! je ne vous ai rien fait ! »

Carilès fut tout ému. Il ne comprenait pas très-bien, mais il voyait que la petite avait peur de lui, et cela lui faisait de la peine ; il n'était pas habitué à faire peur aux enfants.

« Du mal ! reprit-il. Que veut-elle dire ? Ah ! ce sont les hommes d'hier soir qui lui ont fait venir ces idées-là. Est-ce que tu me prends pour un saltimbanque, petite ?

» Je suis le père Carilès, le marchand de moulins à vent, et tous les petits enfants rient quand ils me voient. Je t'ai trouvée cette nuit à moitié morte dans la rue, et je t'ai prise pour te faire revenir. Allons, n'aie pas peur de moi.

— Ils ne sont pas avec vous derrière la porte ? demanda Miette encore inquiète.

— Qui ?

— Lavocat, et puis Voltigeur, et puis...

— Ah ! les saltimbanques : j'y suis. Eh non ! ils n'y sont pas. Est-ce que je connais des gredins pareils, moi ? Je les ai entendus hier soir au *Chêne d'Aaron*, où je buvais chopine, et je les ai vus se lever en colère pour courir après toi. Mais ne crains rien, ce n'est pas ici qu'ils viendront te chercher. Allons, c'est fini, ce chagrin ? Ne pleurons plus, et mangeons la soupe. Ouvrez-moi cette petite bouche, et houp ! »

Tout en parlant, il avait coupé des tranches de pain et les avait mises dans l'écuelle : il les avait arrosées de lait chaud ; il avait pris sa cuiller de fer.

Puis il avait soufflé sur la cuillerée de soupe pour la refroidir ; et sur ce « houp ! » il l'introduisit dans la bouche que Miette venait d'ouvrir comme par instinct.

Après la première cuillerée, une seconde, une troisième : Miette avait grand'faim. Carilès riait de bon cœur ; il y avait longtemps qu'il ne s'était tant amusé. Il prit un tel plaisir à ce jeu, qu'il ne s'arrêta que quand l'écuelle fut vide.

« Voyez-vous, comme elle avait faim, la pauvre brebis ! dit-il en caressant de sa grosse main la tête de Miette. On sera sage à présent, on n'aura plus peur, n'est-ce pas ? Il faut que j'aille voir si la mère Gauvreau a encore du lait chaud pour mon déjeuner.

— C'est votre déjeuner que j'ai mangé? s'écria vivement Miette.

— Eh non ! puisque tu l'as mangé, c'est bien le tien, repartit Carilès en riant. Mais il en faut un autre pour moi, et je vais le chercher. »

Les yeux de l'enfant se remplirent de larmes. Elle prit la grosse main rugueuse de Carilès et l'embrassa.

« Je vous aime bien ! lui dit-elle.

— A la bonne heure ! Je savais bien que ça viendrait. Et pourquoi est-ce que tu m'aimes, à présent?

— Parce que vous vous êtes privé pour moi. Personne n'a jamais fait cela, pas même maman ; elle me soignait bien, mais elle me faisait ma part, toute petite, et elle ne m'aurait pas laissé prendre une bouchée de plus.

— Pauvre petite ! c'est qu'elle n'était pas riche, sans doute.

— Et vous, êtes-vous riche ou pauvre? »

Carilès fut un peu embarrassé. Miette n'avait pas mis de malice dans sa question, et l'idée ne lui vint pas, à lui, d'en mettre dans sa réponse ; seulement il n'avait pas d'opinion faite là-dessus, et il trouvait difficile de s'en improviser une. A la fin, il reprit, en enfilant, pour sortir, les longues manches de sa lévite :

« Dame ! Je ne sais pas trop. Vois-tu, je ne suis pas riche, puisque je n'ai pas beaucoup d'argent; mais je ne suis pas pauvre non plus, puisque je n'ai besoin de rien. »

Miette leva sur lui de grands yeux étonnés. Elle n'était pas habituée à cette philosophie à l'égard de l'argent.

Toute petite, au lieu du chant d'une nourrice, c'était le tintement des petites pièces et des gros sous qui avait bercé son sommeil. Chaque soir on comptait la recette auprès du grabat où elle s'endormait, et, après l'addition, c'étaient des lamentations sans fin sur la dureté des temps et sur la cherté de la vie. Généralement, cela finissait par des querelles. Aussi ce vieillard, qui était gai et de bonne humeur quoiqu'il n'eût pas beaucoup d'argent, paraissait-il à Miette un être extraordinaire.

« Allons, lui dit Carilès, en riant de la mine qu'elle faisait, reste tranquille pendant que je vais chercher mon déjeuner. J'irai jusqu'à la place Bretagne pour voir si les gens d'hier soir y sont encore ; il ne faudra pas que tu sortes avant qu'ils soient partis. »

Carilès se mit lui aussi à frotter les vitres.

CHAPITRE VII

Une ménagère novice.

Carilès sorti, Miette, rassurée, joua quelque temps avec son petit moulin; ensuite elle examina ceux qui attendaient la vente au bout de leur grand bâton; puis elle commença à s'ennuyer. « Comme c'est laid, ici! se dit-elle. Le soleil ne peut seulement pas entrer, tant il y a de poussière sur les vitres. Ah! voici un chiffon: si je les lavais? Je parie que le père Carilès serait content. »

Elle pencha la cruche pour verser de l'eau dans
l'écuelle, et, mouillant son chiffon, elle commença à
frotter les vitres d'en bas. A chaque instant elle s'inter-
rompait pour regarder l'effet de son travail. Après les
quatre premières vitres, elle s'arrêta désappointée : son
bras n'était pas assez long pour atteindre aux vitres
supérieures.

« Si je pouvais monter sur quelque chose... l'escabeau est bien petit... Ah! le tronc d'arbre... il est
trop lourd! Essayons pourtant de le
pousser. »

Le tronc d'arbre, poussé de toute
la force de Miette, ne fit pas le
moindre pas en avant; mais il se
renversa, et Miette battit des mains.

« Il va bien rouler, à présent!
s'écria-t-elle. Le voilà!... il n'y a
plus qu'à le redresser... J'y suis! je
peux laver deux hauteurs de vitres! »

Elle achevait sa tâche, lorsque Carilès revint. Malgré
le froid, Miette était toute rouge d'animation; elle avait
tant frotté, tant sauté à bas de son piédestal pour aller
tremper son chiffon dans l'eau, tant fait d'efforts pour
remonter, et pour se tenir sur la pointe des pieds afin
d'atteindre aussi haut que possible, qu'elle en était
presque en nage. Elle avait obtenu du reste un beau
résultat : les vitres commençaient à ressembler à des
vitres, et, chose inattendue! l'eau répandue par la petite
nettoyeuse avait délayé la couche de terre qui recouvrait

les carreaux, si bien qu'un œil exercé aurait presque deviné leur couleur primitive.

Carilès se mit à rire.

«Ah! la bonne petite ménagère! elle a déjà commencé à faire la lessive. C'est une idée qui ne me serait jamais venue. Ce que c'est que les femmes! toutes petites, elles ont ça dans le sang. Tu voudrais bien atteindre tout en haut, n'est-ce pas? Allons, perche-toi sur mes épaules... Elle y grimpe comme un petit chat, ma parole! Es-tu à ton aise, dis? Là! voilà la fenêtre superbe. Repose-toi, à présent.

— Non pas! Ouvrez-moi la fenêtre, s'il vous plaît.

— La voilà ouverte : mais pourquoi?

— Pour laver de l'autre côté : c'est encore bien plus sale. Ah! voyez comme elles deviennent claires! le soleil entre tant qu'il veut. La jolie fenêtre! »

Carilès riait. L'enfant va se fatiguer, pensa-t-il ; et il se mit lui aussi à frotter les vitres. Puis il essuya l'eau répandue par terre, de peur que la petite ne s'enrhumât, et fut tout étonné de voir sous la fenêtre une belle place rouge où une ligne mince et nette traçait les six pans des carreaux de terre cuite.

« Il faudrait laver toute la chambre comme cet endroit-là! s'écria Miette.

— Pas aujourd'hui, il faut que j'aille gagner de l'argent.

— Et votre lait?

— Il n'y en avait plus; j'ai mangé du fromage, c'est tout aussi bon. Allons, ne prends pas l'air triste pour

6

cela, je te dis que j'ai très-bien déjeuné. Je vais t'en-
fermer ici pour aller vendre ma marchandise. Voilà des
rognures de cartes que tu peux découper pour t'amuser.
Je reviendrai t'apporter de quoi dîner. Si tu as froid,
enveloppe-toi dans la couverture. Allons, bon courage,
mignonne, et au revoir. A propos, comment t'appelles-tu?

— J'ai un vrai nom, c'est Marie; mais tout le monde
m'appelle Miette, parce que je suis toute petite.

— Eh bien, adieu, Miette.

— Adieu, père Carilès. »

Le brave homme prit son flageolet et ses moulins, et
partit. Sur le seuil il se retourna pour sourire encore à
l'enfant. Elle courut à lui et l'embrassa. Carilès en eut
le cœur tout remué, et comme en descendant l'escalier
il entendit la voisine du troisième à droite qui battait son
petit dernier, il sentit un mouvement de colère contre
cette femme, qui ne faisait pourtant rien de nouveau, et
se demanda comment on pouvait avoir le cœur assez dur
pour battre un enfant.

Miette s'était drapée dans la couverture.

CHAPITRE VIII

Qu'en fera-t-il ?

« Pauvre petite ! Est-ce assez gentil un petit être comme cela ! Elle n'a guère eu de bonheur dans la vie… pas seulement à manger son content ! Bien sûr que je ne la laisserai pas reprendre à ces trois vilains hommes dont elle a si grand'peur ; ils la feraient mourir. Je vais la cacher jusqu'à ce qu'ils aient quitté Nantes… leur baraque n'est pas ouverte ce matin ; c'est sans doute qu'ils cherchent l'enfant… Oui, cherchez, mes gaillards ! Vous pourrez chercher longtemps. Si la justice venait la reprendre pourtant ? Bah ! la justice ne peut pas la rendre à ces gens-là, puisqu'elle n'est pas leur fille. On

la mettra à l'hôpital; là, elle sera bien chauffée, bien
nourrie; elle aura de bonnes robes, de bons souliers;
elle sera très-heureuse, elle ne manquera de rien. Oh !
oui, elle sera très-heureuse, certainement ! »

Ainsi pensait Carilès, en parcourant les rues de Nantes
avec sa marchandise. Il était si préoccupé, qu'il oubliait
de jeter au vent l'appel de son flageolet et son refrain si
connu :

> Pleurez, pleurez, petits enfants,
> Vous aurez des moulins à vent !

Il fut distrait de sa rêverie par l'approche d'une longue
colonne de petites filles qui marchaient deux à deux,
sous la conduite d'une religieuse. A leur costume, Carilès reconnut les orphelines de l'hospice, et il s'arrêta
pour les regarder défiler, admirant leur bonne tenue et
leurs robes de laine, et se disant avec satisfaction :
« Voilà comme sera Miette ! » Mais cette satisfaction se
dissipa devant un petit fait bien simple, comme le nuage
au souffle du vent. Une des orphelines le regarda, lui et
ses moulins; elle fit un pas de côté, hors de son rang,
pour mieux le voir, et s'arrêta un instant. Un signe et
un regard de la religieuse la firent vivement rentrer à
sa place, et elle se remit en marche, rouge et le front
baissé. Assurément, c'était tout naturel, et la religieuse
ne pouvait pas laisser ses brebis se disperser au gré de
leur caprice; mais Carilès, à qui rien n'était plus cher
que l'indépendance, commença à trouver le sort des
orphelines de l'hospice bien moins heureux qu'il ne

l'avait jugé d'abord. « Ne pas pouvoir s'arrêter quand cela vous plaît! marcher au pas, en rang, deux à deux, les yeux baissés, ce n'est pas une vie, cela! Miette serait malheureuse; je ne peux pas la placer dans cette maison-là. Il faudra que je cherche autre chose... Cela doit se trouver, des gens qui se chargent d'un enfant. Je demanderai cela à la Robert, ou bien à la mère Gauvreau ; mais il faut attendre que les saltimbanques soient partis. Oh! oh! midi qui sonne! il faut que je me dépêche de vendre, pour rapporter un bon dîner à la petite. »

Et Carilès reprit son flageolet et son refrain. Quand il se jugea assez riche, il entra chez le charcutier, fit l'emplette d'un magnifique morceau de saucisson, entra ensuite au *Chêne d'Aaron*, pour acheter une bouteille de vin, et se hâta d'aller dîner chez lui en compagnie de Miette. Ce n'était pas dans ses habitudes de dîner chez lui; il mangeait ordinairement, quand la faim le prenait, n'importe où, sur une borne, sur un banc d'une promenade, sous une porte cochère, ou même en continuant sa marche et son commerce; et, quand il avait mangé, il entrait pour boire dans le premier cabaret venu.

Mais ce jour-là, quoiqu'il eût faim à un bon quart de lieue de sa demeure, il ne mordit pas dans son pain et laissa intacts le saucisson et la bouteille dans les poches de sa lévite.

Miette lui sauta au cou en le revoyant. Carilès l'embrassa de bon cœur, et rit de lui voir la mine d'une princesse en manteau de cour, sans page pour porter sa queue. Cette queue, c'était la couverture dans laquelle

Miette s'était drapée, moitié par souvenir de sa vie de saltimbanque, moitié pour se réchauffer, car le soleil ne donnait plus dans la chambre, et la petite jupe à paillettes était bien légère. Carilès se trouva bien sot et bien barbare de n'avoir pas pensé à faire du feu; il prit ses derniers morceaux de bois et les alluma. Puis, mettant le billot devant la cheminée, il fit asseoir Miette sur l'âtre; se plaça près d'elle, et étala sur le billot transformé en table ses abondantes provisions. Quand le dîner fut fini, il reprit ses moulins et sa casquette.

« Tu vas encore sortir? père Carilès, lui demanda l'enfant, tout à fait familiarisée avec lui. Je m'ennuie toute seule; emmène-moi avec toi!

— Il faut bien que je ressorte; il y a une rue où les petits enfants m'attendent; j'y gagne toujours au moins dix sous. Je voudrais bien t'emmener; mais comment faire avec ta jupe de sauteuse? les méchants hommes te reconnaîtraient tout de suite. Allons, sois bien sage et reste là : je ne serai pas longtemps dehors. »

Il partit sans retourner la tête, car la voix de Miette tremblait en lui disant adieu, et il lui semblait qu'elle devait avoir les yeux pleins de larmes : il ne voulait pas voir cela.

L'encrier brisé et la robe perdue !

CHAPITRE IX

A quelque chose malheur est bon.

Carilès marcha d'un pas rapide jusqu'à une avenue bien connue de lui. Cette longue avenue, qu'on appelle du nom gracieux de la Ville-aux-Roses, est bordée de maisons basses, toutes blanches avec des volets verts, et le long desquelles règne une étroite plate-bande, toujours fleurie et soignée avec amour par les habitants de chaque maison. C'est à qui aura les plus belles fleurs : beaucoup de rosiers, qui portent leur bouquet vermeil à la hauteur des fenêtres ; et au pied des rosiers la terre disparaît sous les touffes de réséda ou d'héliotrope. Le vent vous apporte des bouffées de parfums, et les enfants jouent en

liberté entre les deux grilles qui ferment les extrémités
de l'avenue : on ne se croirait jamais dans une grande
ville. Carilès avait de nombreux clients dans les familles
qui habitaient la Ville-aux-Roses; et, d'une grille à
l'autre, du plus loin qu'on l'apercevait, ces mots : «Voilà
le père Carilès! » couraient plus vite que le vent.

Il avait déjà parcouru près de la moitié de l'avenue et
fait une assez bonne recette, lorsqu'il arriva devant une
maison où il ne manquait jamais de s'arrêter; quatre
enfants! et des enfants peu fortunés, à qui on n'achetait
ni poupée somptueuse, ni coûteux cheval à bascule!
c'était une rente pour Carilès.

Quatre enfants, c'était quatre moulins, pour peu que
le marchand fût resté une semaine sans paraître. Or il
y avait juste huit jours que Carilès n'avait mis le pied
dans la Ville-aux-Roses. Aussi lança-t-il, vingt pas
avant d'arriver à la maison, les notes les plus aiguës de
son flageolet, et prit-il sa voix la plus tentatrice pour
chanter son refrain :

> Pleurez, pleurez, petits enfants,
> Vous aurez des moulins à vent!

On entendit dans la maison un grand bruit de petits
souliers, et trois têtes blondes se montrèrent à la fenêtre.
Ces trois têtes blondes se retournèrent d'un air effaré,
au tapage qui se fit derrière elles : la chute d'une table,
et peut-être bien un son de vaisselle cassée.

« Pauline! s'écria une voix de femme, est-il possible!
l'encrier brisé et ta robe perdue!

— Maman... je suis bien fâchée... répondit une voix d'enfant dans laquelle on sentait des sanglots. J'ai voulu courir à la fenêtre... pour voir Carilès... et j'ai accroché le tapis de la table... Je ne sais pas comment j'ai fait...

— Je ne le sais pas non plus ; mais voilà bien du dégât causé par ton étourderie. Va ôter ta robe, et apporte-moi de l'eau chaude pour laver par terre.

— Je vais tâcher de laver ma robe, maman, dit la petite toute honteuse.

— C'est inutile ; l'encre ne s'en va pas au lavage. Ote ta robe, ou tu vas mettre de l'encre à tous les meubles.»

Il y eut un moment de silence. Pauline changeait de vêtements en soupirant. La mère, tout en continuant de repasser pour le lendemain dimanche trois chemises d'homme en miniature, songeait aux moyens d'économiser sur la dépense du mois de quoi remplacer la robe tachée, une si bonne robe de laine qui aurait pu faire tout l'hiver ! et Carilès, debout devant la fenêtre, attendait. Les trois garçons lui dirent tristement tout bas :

« Pauline a taché sa robe... c'est cher, une robe neuve... maman ne pourra pas nous acheter de moulins aujourd'hui. »

Une idée traversa le cerveau de Carilès. Quelle bonne idée ! Pauline n'était guère plus grande que Miette... Allons, un peu d'audace, père Carilès !

« Madame... madame... dit-il timidement à la jeune mère, est-ce qu'elle est tout à fait perdue, la robe de la petite demoiselle ?

— Ah ! c'est vous, père Carilès ! Mon Dieu, oui ; tout

7

le devant est plein de taches, et la jupe n'est pas assez large pour qu'on enlève le morceau. C'est une robe bonne pour le chiffonnier.

— Oh! alors, madame, reprit Carilès en faisant tourner un moulin entre ses doigts en manière de contenance, si vous vouliez me donner la préférence, je vous l'achèterais bien, moi!

— Est-ce que le métier ne va plus, père Carilès, que vous voulez vous faire revendeur de vieilles nippes? » demanda avec étonnement la jeune femme.

Les trois garçons éclatèrent de rire à cette idée, en répétant : « Le père Carilès qui veut se faire chiffonnier! » Pauline n'aurait pas demandé mieux que de rire aussi, mais le remords la maintint dans la gravité qui convient aux coupables.

« Excusez, madame, reprit Carilès, une fois n'est pas coutume, et je n'ai pas envie de changer mon métier. Que diraient les petits enfants! C'est, voyez-vous, que j'ai une petite fille, et pas de robe à lui mettre; vous comprenez?

— Vous avez une petite fille! Et depuis quand?

— Depuis hier, madame; c'est toute une histoire : je vais vous la dire, parce que vous êtes bonne, et que vous ne la raconterez pas aux saltimbanques, si vous les voyez. »

Carilès s'accouda sur la fenêtre et raconta l'histoire de Miette. Les quatre enfants l'écoutaient bouche béante, et la mère laissait reposer ses fers à repasser :

« Et voilà! » conclut Carilès quand il eut fini, en

Carilès, debout devant la fenêtre, attendait.

poussant un grand soupir, comme un homme essoufflé
d'avoir fait un si long discours. Puis il leva les yeux
vers la jeune femme, pour voir l'effet de son récit.

Elle souriait doucement, et rien n'était plus joli et
meilleur que ce sourire, brillant à travers les larmes qui
voilaient ses doux yeux bleus : on eût dit un rayon de
soleil après une ondée d'avril. C'était la bonté même que
cette petite madame Terrasson, la mère des quatre petits
clients de Carilès. Elle n'était pas bien riche : les appoin-
tements de son mari, employé dans une grande maison
de commerce, suffisaient tout juste à faire vivre la petite
famille ; mais quand on n'a pas dans le cœur la plus
petite pointe d'égoïsme, on trouve toujours moyen de
rendre heureux les gens de chez soi, et même un peu
ceux du dehors ; et s'il y avait dans l'univers quelqu'un
à qui madame Fanny Terrasson ne pensât jamais, c'était
sûrement elle-même. Aussi était-elle toujours contente,
et trouvait-elle que la vie de ce monde regorge de satis-
factions de tout genre. Le pain était cher, mais quelle
joie de voir les enfants y mordre de si bon appétit, et de
se dire qu'on n'avait pas dépensé un sou chez le pharmacien depuis une époque qui se perdait dans la nuit des
temps ! Les souliers s'usaient bien vite : cela ne prou-
vait-il pas que les pieds qu'ils chaussaient étaient
alertes ? Les pantalons devenaient trop courts avec une
rapidité effrayante : bah ! en nettoyant sa robe de l'année
dernière, la mère de famille pourrait encore s'en con-
tenter, et acheter des vêtements neufs aux garçons. Quel
plaisir de les voir pousser comme le blé au printemps !

Quels beaux hommes cela ferait un jour! Madame Terrasson, comme toutes les petites femmes, avait un grand
dédain pour les petits hommes.

Avec cette disposition à voir toujours le bon côté des
choses, elle trottait dès le matin à petits pas, comme une
souris, toujours active, soignant ses enfants et son ménage, et faisant réciter la table de multiplication ou les
fables de la Fontaine tout en surveillant un roux ou en
savonnant du linge. Ses enfants l'adoraient, et comme
elle ne leur parlait jamais de la peine qu'elle se donnait
pour eux, ils étaient toujours disposés à lui en épargner
le plus possible. Ils n'enviaient pas les joujoux des enfants riches : ils savaient que cela coûtait beaucoup d'argent et que maman n'en avait guère. Ils se proposaient
de travailler quand ils seraient grands pour la couvrir
de soie et de velours; et l'aîné, Georges, ayant un jour
dit avec regret : « Oui! mais maman sera vieille dans ce
temps-là! » les autres s'étaient fâchés et l'avaient quitté,
indignés qu'on pût prévoir une pareille chose.

La jeune femme donc, tout émue, adressa un signe de
tête amical au père Carilès.

« Vous êtes un brave homme! lui dit-elle. Je vais vous
donner la robe et quelques autres petites choses. Fi-
nissez votre tournée dans l'avenue, le paquet sera prêt
quand vous repasserez par ici. »

Elle ne lui demanda point ce qu'il comptait faire de
l'enfant; il ne lui vint pas même à l'esprit qu'il fût possible de ne pas la garder. Elle alla prendre la robe et se
mit à pomper les taches d'encre avec du papier buvard,

pour les empêcher de s'étendre, en se disant qu'à quelque chose malheur était bon, et que la maladresse de Pauline profiterait au moins à quelqu'un. Cette pensée lui enleva si bien tout regret, qu'elle se mit à chantonner en ouvrant et en fermant des tiroirs ; et Pauline, qui l'observait du coin de l'œil, se crut assez pardonnée pour oser lui apporter silencieusement la moins manchote de ses trois poupées à ressort, qu'elle déposa avec un geste éloquent sur le paquet que faisait sa mère. La mère lui sourit et l'embrassa.

« Voilà pour la petite, père Carilès, dit-elle au marchand qui revenait. J'ai mis avec la robe un tablier qui en cachera à peu près les taches, et puis quelques vieilles chemises qui peuvent encore servir un peu, un jupon, deux paires de bas et des souliers. »

Carilès prit le paquet, mais il ne dit rien : les grandes émotions sont muettes. Seulement, tirant de son étalage quatre de ses plus beaux moulins, — des moulins de deux sous ! — il les mit dans les mains des enfants, et s'enfuit en allongeant tant qu'il pouvait ses longues jambes.

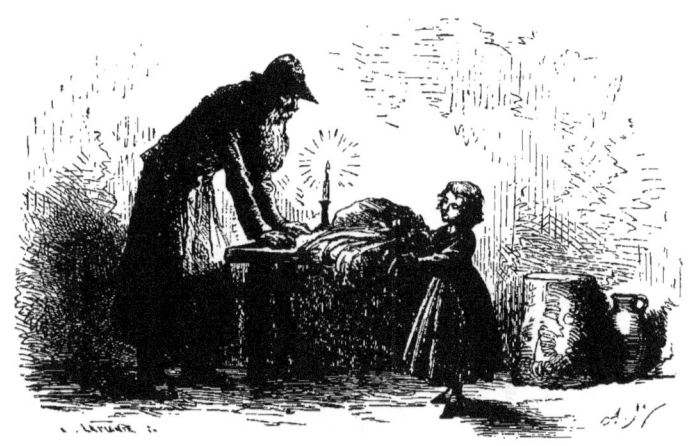

Il y a une petite fille de bois dans le paquet.

CHAPITRE X

Projets de Miette pour gagner sa vie

Il faisait nuit lorsque Carilès ou—
vrit sa porte, et à sa grande surprise
Miette ne vint pas lui sauter au cou.
Il avait compté là-dessus, et cela lui
manqua. Il alluma sa chandelle et
chercha l'enfant. Elle était assise
sur le foyer, ses deux bras croisés
sur le billot, et sa tête reposant sur
ses bras. Elle dormait, et sanglotait
dans son sommeil, comme font les
petits enfants qui se sont endormis à force de pleurer.

8

Elle s'éveilla en entendant marcher.

« Ah! père Carilès, s'écria-t-elle en se jetant dans ses bras, j'ai cru que vous étiez parti pour tout à fait!

— Pour tout à fait, mon cher petit agneau! Bien sûr que non. Tu étais donc malheureuse toute seule?

— Oui, je m'ennuyais beaucoup; et puis j'ai eu peur quand il a fait noir; je n'ai pas osé appeler, de peur de faire venir les méchants saltimbanques; mais j'ai pleuré, et depuis je ne sais plus ce qui est arrivé.

— Tu as dormi; à présent tu vas souper; et demain tu auras une belle robe bien chaude, et des bas de laine et des souliers. J'irai voir dès le matin si les hommes sont partis, et s'ils n'y sont plus, je t'emmènerai remercier la bonne dame qui m'a donné tout cela pour toi. Vois quel gros paquet! »

Miette l'avait bien vu. Dès qu'elle comprit qu'il était pour elle, elle s'en empara, l'ouvrit, et essaya la robe.

« O la belle robe! comme elle est longue! Miette sera une dame, à présent. Oh oui! une vraie dame, et même une maman, il y a une petite fille de bois dans le paquet. Elle a une jolie bouche rose, et des yeux bleus, et des belles joues... Oh! elle a un bras cassé! ce sont les méchants saltimbanques qui ont fait cela, parce qu'elle n'avait pas de maman pour la défendre. Pauvre petite fille! je t'aimerai bien pour te consoler, va! et je vais te

coucher avec moi pour te réchauffer. Comment, père
Carilès, c'est pour moi, tout cela ? Une, deux, trois chemises, un beau jupon de laine, des bas ! Où faut-il les
serrer ? Ah ! il y a de la place dans le placard, une planche vide, au-dessus des pots... Voyez comme j'ai rangé
toute ma belle toilette. Oh ! le joli tablier noir ! il a deux
petites poches, père Carilès, ce sera pour mettre les sous
qu'on me donnera. C'était toujours moi qui faisais la
quête quand j'avais dansé ; et je disais : « Donnez, mes-
sieurs et mesdames, pour encourager mes petits talents. »
Et puis je faisais une jolie révérence, et l'on me donnait
toujours. »

Carilès fut un peu blessé. Il gagnait sa vie, lui, il
n'était pas un mendiant. Au fait, se dit-il, elle dansait,
c'était sa manière de travailler.

« A présent, dit-il à Miette, tu ne feras plus la quête,
puisque tu n'es plus avec les saltimbanques et que tu
ne danseras plus. Moi, je ne danse pas, je vends des
moulins ; c'est un autre métier.

— Ah ! fit la petite, étonnée. Mais moi je danserai,
puisque je ne vends pas de moulins. Il faut bien que je
gagne mon pain. »

L'idée de Miette gagnant son pain parut si drôle à
Carilès, qu'il s'assit sur le billot en éclatant de rire.
Mais Miette était très-sérieuse.

« Oui, reprit-elle, Lavocat l'a dit assez souvent à ma
mère, quand j'étais malade et qu'elle voulait me laisser
reposer. « Faites-moi danser cette gamine-là, disait-il
avec sa grosse voix : à quoi est-elle bonne si elle ne

danse pas? chacun doit gagner le pain qu'il mange. »
Et un jour que je n'avais pas pu danser, il m'a ôté mon
souper, et ma mère m'a donné du pain en cachette
quand il a été endormi.

— Pauvre petite! je te donnerai du pain, moi, sans
que tu danses. Il fait trop froid à présent pour que tu
gardes ta petite jupe, et l'autre robe n'est pas une robe
pour danser.

— Est-ce que vous êtes riche? »

Carilès rit de nouveau.

« Je t'ai déjà répondu là-dessus. Moi, riche! Es-tu
folle, ma petite? Est-ce que j'ai l'air d'un riche, par
hasard? »

Miette secoua la tête.

« Alors il faudra que je travaille. Il n'y a que les
enfants des riches qui n'ont pas besoin de gagner leur
vie.

— Bien! bien! nous te chercherons de l'ouvrage un
peu plus tard. Tu tiens donc bien à travailler! Est-ce
que je te fais peur, comme le méchant Lavocat?

— Oh non! au contraire.

— Eh bien, alors?

— Eh bien, je travaillais pour lui parce qu'il me
faisait peur; mais je veux travailler pour vous parce
que je vous aime. »

Ce dernier mot se perdit presque dans un baiser que
Miette appliqua sur la vieille joue ridée de Carilès, en
lui serrant le cou de ses petits bras.

Quelle douce chose que d'être aimé! Comme cela vous

éclaire la vie et vous la rend précieuse ! Carilès se sentit
heureux comme il ne se souvenait pas de l'avoir jamais
été. Il caressa la petite fille comme s'il eût été son père ;
il prit plaisir à exciter son babil et trouva charmant tout
ce qu'elle disait ; il la fit souper, lui préparant ses bou-
chées et lui choisissant les meilleurs morceaux ; et quand
elle fut commodément installée pour la nuit sur la paillasse et l'oreiller de Carilès, il passa un bon quart
d'heure à la regarder dormir, avant de se rouler dans la
couverture et de s'étendre devant le foyer. Il ne songeait
plus du tout à consulter la Robert et la mère Gauvreau
sur le sort à faire à sa protégée.

Maître essaya de tailler des ailes de moulins.

CHAPITRE XI

Où Miette est initiée au commerce des moulins à vent.

Le lendemain, il pleuvait à verse, temps peu favorable à la vente des petits moulins. Carilès ne sortit donc que pour chercher la nourriture, et il s'installa à son atelier, c'est-à-dire devant sa table, et s'occupa à confectionner de la marchandise pour le retour du beau temps. Miette s'assit près de lui, attentive et silencieuse ; elle cherchait à comprendre ses procédés. Elle y parvint bientôt, et commença à lui présenter les morceaux dont il avait besoin, sans jamais se tromper ni prendre l'un pour l'autre. Elle s'enhardit peu à peu jusqu'à prendre le vieux couteau pour racler les baguettes qui devaient servir de

support aux petits moulins ; et comme Carilès souriait et
disait : « La bonne petite fille ! travaille-t-elle ! » Miette
osa s'emparer des ciseaux et essayer de tailler des ailes
de moulins. Aussi, quand vint le soir, comme le bâton
de Carilès était garni ! il y avait de la marchandise pour
au moins une semaine de vente. Et Carilès, qui n'avait
jamais fait tant d'ouvrage en un jour, ne se sentait pourtant pas fatigué ; même, il ne s'était pas ennuyé un instant ; et il s'étonna d'avoir trouvé la journée si courte.

En toute chose il n'y a, dit-on, que le premier pas qui
coûte. Carilès avait ramassé à sa porte une pauvre petite
créature à moitié morte de souffrance et de froid, et voilà
maintenant qu'il admettait peu à peu la nécessité de la
garder avec lui, c'est-à-dire de renoncer à sa solitude,
à son indépendance et à sa paresse, de se préoccuper du
lendemain et de pourvoir aux besoins d'une autre personne, pour qui il devait se montrer plus difficile qu'il
ne l'avait jamais été pour lui-même. Prendre l'enfant
telle qu'elle était, et partager avec elle sa nourriture,
cela ne lui avait pas donné grand mal ; affaire d'occasion, voilà tout : Carilès aurait pu dire qu'il avait fait
cette bonne action-là par hasard. Mais continuer une
bonne action est plus difficile que l'entreprendre. A cette
enfant demi-nue il avait fallu des vêtements ; et maintenant Carilès la trouvait bien mal couchée sur cette
paillasse, dont pourtant il se contentait pour lui-même,
et dont il savait se passer au besoin. L'hiver commençait : la petite aurait froid si on ne lui faisait pas de feu ;
et puis, la nourriture qui suffisait à Carilès serait-elle

bonne pour un enfant qui avait besoin de se fortifier et
de grandir? Que de choses à se procurer! que de préoc-
cupations pour un homme qui n'avait jamais demandé
à la vie autre chose que le pain quotidien! Carilès en
perdait la tête, et l'hospice lui revenait parfois en mémoire. Pensée aussitôt chassée que venue : Carilès se
voyait dans sa chambre après le départ de Miette, et il
se demandait avec effroi : « Que deviendrai-je *tout seul?*
Il ne songeait pas que trois jours auparavant il vivait
tout seul, et qu'il ne s'était jamais imaginé qu'il pût
vivre autrement. Il lui passait des frissons à l'idée que
les saltimbanques pourraient lui enlever Miette et la
maltraiter, et qu'il resterait alors *tout seul*.

Il se leva de bonne heure le lendemain, et voyant le
ciel clair, il courut à la place Bretagne. La baraque qu'il
surveillait n'y était plus. Il aperçut le paillasse qui aidait
les habitants d'une baraque voisine à emballer leur
matériel. Il écouta leur conversation, et comprit que ces
gens allaient partir le matin même. Paillasse parlait
avec amertume de Lavocat, qui avait décampé pendant
la nuit avec tout l'héritage de la patronne, quoiqu'ils
fussent convenus de partager les animaux; il avait des
larmes dans la voix, en parlant du singe, un ami de dix
ans. Il le regrettait, disait-il, beaucoup plus que ce
brutal de Voltigeur, qui cherchait toujours querelle aux
gens, et il souhaitait bien du plaisir aux comédiens de
la grande baraque, qui l'avaient engagé à leur service.
Carilès lança un regard du côté de la grande baraque,
elle n'y était plus. Miette était donc débarrassée de ses

9

trois ennemis, et l'on pouvait se risquer à la faire sortir.
Carilès rentra bien vite pour lui annoncer cette bonne
nouvelle. L'enfant sauta de joie et s'empressa de faire
sa toilette. La robe était bien un peu longue, mais elle
n'en serait que plus chaude, et Miette était enchantée de
quitter ses oripeaux et de ressembler à une petite demoiselle.

Elle mit les souliers de Pauline, souliers un peu
grands pour son pied, mais qui lui paraissaient bien plus
beaux que ses petites pantoufles rouges; et quand elle
fut prête, elle se promena fièrement dans la chambre,
les mains dans les poches du tablier, en attendant
Carilès, qui disposait ses moulins pour la vente. Il ouvrit
enfin la porte : Miette s'élança sur le palier avec l'empressement d'un oiseau qui s'échappe de sa cage, et elle
descendit les quatre étages en sautillant et en s'étonnant
qu'un escalier pût avoir tant de marches. Parvenue en
bas, elle mit d'elle-même sa main dans celle de Carilès,
et trotta gaiement auprès de lui, faisant trois de ses
petits pas contre un du bonhomme, et répétant, après
son protecteur, le refrain accoutumé :

> Pleurez, pleurez, petits enfants,
> Vous aurez des moulins à vent !

Sur leur passage on les regardait, on s'étonnait, on
s'arrêtait; et, comme il faut bien payer sa curiosité, on
achetait des moulins à vent. Carilès les faisait passer par
les mains de Miette, qui avait tout à fait bonne grâce

à les présenter aux acheteurs, à recevoir l'argent, et à dire en saluant : « Merci, monsieur, » ou « merci, madame ». Carilès n'avait jamais fait de si bonnes affaires.

Il eut la curiosité, avant d'entrer sous les halles, de s'asseoir sur les marches du Musée pour compter sa recette, et le total de l'addition le réjouit singulièrement. « Je n'ai pas à m'inquiéter, se dit-il, l'enfant rapporte plus qu'elle ne coûte. Qu'est-ce que cela fait que j'aie besoin de plus d'argent, si j'en gagne davantage? »

Carilès était, à son insu, très-fort en économie politique.

Je l'ai ramassée au coin d'une borne.

CHAPITRE XII

La Robert.

Carilès donc, satisfait de son arithmétique, se leva, reprit Miette par la main, et entra aux halles avec elle. Il avait coutume d'y faire de bonnes affaires. Les paysannes qui venaient y vendre leurs denrées avaient presque toutes laissé à la maison quelque marmot à qui elles avaient dit en partant : « Si tu es bien sage, je t'apporterai de la ville quelque chose de joli. » Or, les gens de campagne aiment, comme le personnage de Molière, à faire bonne chère avec peu d'argent ; ils ne se soucient pas de dépenser beaucoup pour des objets de luxe. Que pouvait-on trouver de joli et de peu coûteux à la ville.

si ce n'étaient les moulins de Carilès? Aussi tous les petits paysans de Chantenay à Mauves, et de Vertou à Couëron, connaissaient-ils les moulins de Carilès, et comme c'étaient des joujoux fragiles, qu'il fallait souvent remplacer, les halles étaient pour le marchand une vraie mine de gros sous.

Comme il entrait dans la grande allée du milieu, il entendit une voix gaie, quoique un peu vieillotte, qui criait :

« Hé! bonjour, père Carilès! Par ici, donc! Est-ce qu'on ne reconnaît plus les amis? »

Carilès tourna vivement la tête, reconnut la personne qui l'appelait, et se dirigea vers elle.

« Qu'est-ce que vous êtes donc devenue, depuis quinze jours, la Robert? J'ai cru que vous étiez partie pour vous marier. »

La Robert se mit à rire, ce qui augmenta encore sa ressemblance avec une vieille pomme de reinette.

« J'ai manqué partir pour l'autre monde, voilà; mais il paraît que j'en ai encore pour quelque temps à battre mon beurre. Et vous, ça va bien? Où avez-vous ramassé cette enfant-là?

— Ramassé, vous pouvez bien le dire. Je l'ai ramassée au coin d'une borne, à ma porte.

— Bah! contez-moi ça, je vous achèterai une douzaine de moulins, pour vous dédommager du temps perdu. »

Carilès ne demandait pas mieux. La Robert émailla son récit de toutes sortes d'exclamations admiratives.

La Robert la prit dans ses bras.

Quand il en fut au lavage des vitres, la bonne femme prit sur son étalage deux belles pommes, et les donna à Miette. Miette en mangea une, joyeusement, et mit l'autre dans sa poche en disant : « C'est pour le père Carilès. — Comme elle a bon cœur ! » s'écria la Robert, qui la prit dans ses bras et l'embrassa de façon à l'étouffer. Quand l'histoire fut finie, la Robert avait une larme dans chaque œil, et Carilès se crut si sûr de sa sympathie qu'il se hasarda à lui parler de son embarras au sujet de Miette.

« Que croyez-vous que je puisse faire d'elle, à présent ?

— Comment... faire d'elle? Vous ne pensez pas à la remettre au pied de la borne la nuit prochaine, bien sûr? ni à la rendre aux saltimbanques? Eh bien, il n'y a qu'à la garder.

— C'est ce que je me dis, répliqua le bonhomme encouragé ; mais je ne sais pas trop comment m'y prendre : je n'ai jamais eu d'enfant ni de femme, moi.

— Eh bien, qu'est-ce que cela fait? Je n'ai jamais eu d'enfant ni de mari, moi, mais je m'occupe des enfants des autres : vous ferez comme moi. Et tenez, attendez que j'aie vendu ma marchandise, ou dites-moi où vous demeurez ; j'irai après le marché voir ce qui vous manque. Ça vous va-t-il ? »

Si cela lui allait ! Il se sentit tout d'un coup hors de peine, et il lui sembla que tout marcherait comme sur des roulettes ; car s'il n'avait pas d'inquiétude sur la question d'argent, il en avait beaucoup sur la question

10

des soins à donner à l'enfant, et sur celle de l'arrange-
ment de son ménage. Du moment que la Robert voulait
bien s'en mêler, tout était pour le mieux.

Pendant ce temps-là, Miette, qui était fort remuante,
avait ramassé par terre les grandes plumes de l'aile
d'un poulet que la Robert venait de plumer pour le vendre; elle les avait réunies autour d'un petit bâton, et
elle cherchait un cordon, une ficelle, pour les attacher
solidement. La Robert vit son air inquiet.

« Que fais-tu là, petite? lui demanda-t-elle?

— Je voudrais faire un petit balai, pour balayer chez
nous, répondit l'enfant.

— Hein! voyez-vous la petite ménagère, comme elle
est soigneuse! Tiens, mon bijou, voilà un bout de ficelle.
Attends, que je te serre ça... Là! voilà un joli balai.
Garde-le pour balayer chez toi, puisque tu l'as fait pour
ça; mais sais-tu ce que tu vas faire, à présent? Je vais
te donner toutes mes grandes plumes, et tu fabriqueras
des petits balais que tu pourras vendre aux cuisinières
pour nettoyer leurs fourneaux. A deux sous, tout le
monde t'en achètera.

— Et je pourrai gagner ma vie? s'écria la petite en
sautant de joie. Que je suis contente! que je suis contente!

— A-t-elle bon cœur, au moins! redit la Robert
attendrie. C'est un vrai trésor que vous avez là, père
Carilès. »

C'est que la Robert était la meilleure femme qu'on ait
jamais vue sous le ciel. C'était une vieille fille, comme

son nom l'indique ; car, si elle eût été mariée à un
homme du nom de Robert, on l'eût appelée la Robuche ;
mais la Robert, c'était son nom à elle, son nom de fille,
qu'elle avait toujours gardé, et qu'elle garderait certainement toujours, puisqu'à cinquante ans passés elle le
portait encore. La Robert était une fermière fort à son
aise, ce qui ne l'empêchait pas de venir elle-même au
marché vendre son beurre et ses œufs, et même ses
volailles, qu'elle portait généralement au *Chêne d'Aaron*.
La Robert adorait les enfants, et elle élevait ceux de son
frère, qui était veuf, ce qui ne l'empêchait pas de distri-
buer avec justice des taloches, des embrassades, des
friandises et de bons conseils à tous les marmots de
Couëron, où elle demeurait. Inutile de dire que les marmots de Couëron connaissaient les moulins du père
Carilès.

Carilès, rentrant chez lui pour y attendre la Robert,
était tout joyeux en arrivant à la borne où il avait ramassé Miette. Pourquoi donc son bon vieux sourire
s'effaça-t-il peu à peu à mesure qu'il montait l'escalier ?
et pourquoi était-il tout soucieux lorsqu'il s'assit sur le
billot après avoir fermé soigneusement sa porte ? C'est
qu'il avait vu le fripier d'en bas marchander à un homme
de mauvaise mine des foulards dont l'origine ne lui
paraissait pas bien claire ; c'est qu'il s'était croisé dans
l'escalier avec un voisin qui festonnait tellement qu'il
avait failli tomber sur Miette ; c'est que trois gamins en
guenilles et sales à ne pas prendre avec des pinces se
battaient sur le palier du troisième étage ; c'est qu'enfin

la voisine du quatrième étage se disputait avec so mari
en des termes tels que Carilès avait vite saisi Miette par
le bras et l'avait poussée dans la chambre pour qu'elle
n'en entendît pas davantage. Pourquoi Carilès s'inquié-
tait-il de ces choses? Il y avait assez longtemps que ses
voisins des quatre étages et du rez-de-chaussée volaient,
recélaient, se battaient, juraient et se grisaient, et il n'y
avait jamais fait attention. Qu'est-ce que cela pouvait
lui faire?

A lui personnellement, rien; mais c'est une grande
source de réflexions et de scrupules qu'une responsa-
bilité, et la conscience de Carilès s'était singulièrement
éveillée depuis qu'il se trouvait père de famille. Voilà
pourquoi il était soucieux, et pourquoi il hochait la tête
d'un air convaincu, en se disant tout bas que « cette
maison n'était décidément pas convenable pour Miette».

Pourquoi? Carilès la trouvait bien convenable pour
les autres enfants de tous les étages, et Dieu sait s'il en
grouillait sur les marches, de tous les âges et de toutes
les couleurs. Eh! mon Dieu! Carilès ressemblait à cer-
tains jeunes gens tels qu'on en rencontre souvent dans
le monde. S'il y a dans un salon quelques demoiselles
aux mines évaporées et aux discours audacieux, qui
parlent de tout, qui traitent tous les sujets, surtout ceux
qui devraient leur être le plus étrangers, qui rient très-
fort, qui prennent des airs conquérants, qui portent
aujourd'hui la mode de demain, et dont la préoccupation
constante est de se faire remarquer, c'est autour de ces
demoiselles-là qu'on les voit s'empresser. Ils prennent

plaisir à les exciter à dire des extravagances, et ils les
louent d'être « drôles et amusantes ». Mais qu'on vienne
leur proposer d'en épouser une, ils fuiront bien loin ; et
si leur jeune sœur, à son entrée dans le monde, éblouie
par ces beautés à la mode, s'avise de les imiter, ils se
fâcheront tout rouge, et ne se gêneront pas pour lui dire
que « ces façons-là ne sont pas convenables pour elle ».
Quand les choses vous touchent, on y regarde de près.

En un quart d'heure le déménagement fut fait.

CHAPITRE XIII

Déménagement et emménagement.

Quand la Robert entra, un peu essoufflée d'avoir
monté si haut, elle chercha des yeux
un endroit où s'asseoir, et ne trou-
vant que le billot, elle ne put retenir un : bah ! qui voulait dire bien
des choses. Elle s'y assit pourtant.
non sans l'avoir essuyé de son mouchoir à carreaux, et écouta, en don-
nant de nombreux signes d'approbation, les scrupules
de Carilès. Quand il eut tout dit :

« Eh bien, vous avez raison, père Carilès, dit-elle,

vous n'êtes pas bien ici, et, quand on parviendrait à
nettoyer la chambre, ça ne renverrait pas les mauvaises
gens qui sont dans la maison. Il faut vous en aller, et je
connais une bonne femme qui vous logera pour pas cher.
Laissez-moi arranger ça, et venez me trouver au pro-
chain marché. Tenez, voilà des plumes que je me suis
fait donner par des marchandes de la halle, et des
baguettes, et une pelote de ficelle pour les balais de la
petite. Puisqu'elle veut gagner sa vie, il faut l'encourager, la chère mignonne... Mais au fait, attendez-moi
ici; il n'est pas trop tard; je peux aller régler votre
affaire avec Perrotte avant de m'en retourner à Couëron.
Je reviendrai dans une heure vous dire si elle veut bien
vous prendre. »

La Robert sortit, et Carilès l'attendit patiemment. Il
n'éprouvait pas le besoin de s'occuper; il avait bien

assez à faire avec ses réflexions.
Que d'événements! Que de compli-
cations dans sa vie! De combien de
choses il allait avoir besoin pour la
petite, lui qui s'était si bien passé de
tout pour lui-même! Il était un peu
effrayé, et se prêtait en silence aux
désirs, j'allais dire aux ordres de
Miette, qui lui disait à chaque in-
stant : « Père Carilès, aide-moi à attacher mes plumes!
j'ai encore fini un balai. Nous allons sortir pour les
vendre, n'est-ce pas? Je dirai : Achetez des balais de
plumes! voilà la petite marchande de balais! » Carilès

serrait la ficelle, la nouait, et l'enfant recommençait
son travail. Quand la Robert revint, Miette lui montra
d'un air de triomphe une douzaine de balais.

« Voilà qui est bien! dit la fermière. La petite est en
train de gagner de quoi vous meubler. J'ai parlé à la
mère Perrotte; elle vous louera une chambre et un
cabinet, et s'occupera un peu de l'enfant : un homme ne
sait pas toujours s'y prendre. Et si vous vous accordez
bien, elle ne demandera pas mieux que de faire votre
soupe avec la sienne. La petite a été mal nourrie, ça se
voit; elle a besoin pour grandir de manger mieux que ça.
Je viendrai vous prendre après-demain, et je vous
apporterai différentes choses dans ma carriole; n'achetez
rien auparavant. Allons, bonne santé et au plaisir de
vous revoir. »

Le surlendemain, en effet, la Robert et sa carriole
stationnèrent devant la porte, pendant que Carilès des-
cendait son maigre mobilier. En un quart d'heure le
déménagement fut fait, et l'oreiller, le billot, la table,
l'escabeau, et ce que Carilès appelait sa vaisselle et ses
nippes, furent installés dans la carriole. Quant à la
paillasse, la Robert déclara qu'on ne pouvait apporter
chez Perrotte une chose si vieille et en si mauvais état,
et qu'elle s'était chargée de la remplacer. La paillasse
devint, moyennant une faible somme, la propriété du
fripier; et Carilès, en arrivant chez Perrotte, n'avait pas
encore réussi à mettre de l'ordre dans ses idées et à
comprendre sur quoi coucherait Miette. Celle-ci n'y songeait guère : assise sur la banquette de devant, à côté

11

de la Robert qui conduisait, elle gazouillait comme un
oiseau, babillant, chantant, et ne se sentant pas de joie
d'aller en voiture.

La mère Perrotte demeurait dans une vieille rue,
aux environs du pont Maudit. Elle y était propriétaire
de la moitié d'un étage, singularité qui se voyait souvent à Nantes, à cette époque-là. C'était une assez jolie
propriété qu'un premier ou un second étage sur les
quais ou dans une belle rue du centre de la ville ;
mais la moitié d'un cinquième étage dans une maison de
la rue aux Oisons était loin de constituer une fortune.
La mère Perrotte en vivait cependant ; elle était veuve,
n'avait point d'enfants, et les quatre chambres qu'elle
louait lui faisaient, bon an mal an, un revenu de trente-
cinq pistoles, comme elle disait, qu'elle arrondissait en
tricotant des bas de laine à quinze sous la paire. Elle
n'avait pas besoin de faire des économies, n'ayant point
d'héritiers ; et comme elle était toujours prête à aller
s'asseoir au chevet de ses locataires lorsqu'ils étaient
malades, elle pensait qu'ils ne manqueraient pas de lui
rendre le même service, quand la maladie la prendrait
à son tour ; ce qui ne s'était encore jamais vu. La mère
Perrotte était une petite femme maigre, alerte et gaie,
avec des cheveux aussi blancs que sa coiffe, et de grandes
lunettes sur ses petits yeux gris. Elle se tenait ordinairement assise sur un petit fauteuil de paille, à côté de
sa fenêtre, tendue d'un filet où grimpaient des capu-
cines ; elle avait sous ses pieds une chaufferette, devant
elle une petite table entourée d'un rebord, où reposaient

côte à côte un gros livre et un peloton de laine, et auprès
d'elle une chaise où dormait son chat Mirliton, animal
très-bien élevé, qui savait rester près d'un peloton sans
le faire rouler, et près d'une saucisse sans y mettre la
patte.

Ce fut ainsi que la mère Perrotte apparut aux yeux de
Carilès et de Miette, quand la Robert, ayant frappé dis-
crètement un petit coup pour les annoncer, ouvrit la
porte et les introduisit chez leur propriétaire.

Après avoir échangé quelques salutations avec ses
hôtes, Perrotte prit une clef.

« Je vais vous donner la chambre de Nanon, dit-elle
à Carilès. Il y avait douze ans qu'elle y demeurait, la
pauvre Nanon ; et bien sûr, si elle n'était pas morte,
elle y serait encore. Elle m'a laissé ses meubles, et comme
je n'ai point de place pour les mettre dans ma chambre,
je vous serais bien obligée si vous vouliez les garder.
J'irai moi-même en prendre soin ; ainsi ils ne vous don-
neront pas de peine. »

Elle ouvrit une porte, et Carilès se crut dans un
palais. Miette, qui caressait le chat, accourut à une
exclamation de son père adoptif, et s'extasia comme lui.
La chambre n'était pas grande, mais elle était propre et
gaie, avec ses murs blanchis à la chaux, sa cheminée
ornée d'une pelote rouge, de deux tasses bleues et de
trois coloquintes, et son lit couvert d'une courte-pointe
à carreaux blancs et rouges.

Il y avait encore une vieille commode, une table et
trois chaises de paille. Le lit s'enfonçait dans une espèce

d'alcôve, de chaque côté de laquelle se trouvait un cabinet. L'un, tout petit et sombre, servait, dit Perrotte, à mettre le bois et les ustensiles de ménage; l'autre, éclairé par un œil-de-bœuf, pouvait contenir un lit, et Carilès y vit un lit de sangle.

« C'est un cadeau que je fais à la petite, dit la Robert : je l'ai apporté dans la carriole avec une bonne paillasse fraîche et un bon petit lit de plume; mes poulets en ont assez donné cette année, je pouvais bien en prendre pour coucher l'enfant. J'ai mis aussi une couverture : elle est vieille, mais elle est chaude, et Perrotte vous louera des draps; car vous ne pouvez pas continuer à vivre comme un bohémien, à présent que vous avez un enfant : comprenez-vous?

— Je comprends bien, répondit le pauvre Carilès, mais c'est que je ne sais pas comment faire...

— Alors, reprit la Robert, vous feriez peut-être mieux de ne pas garder l'enfant... »

Un si grand chagrin se peignit sur le visage de Carilès, que la vieille Perrotte en eut pitié.

« Allons, dit-elle, il faut toujours essayer; je vous aiderai. Elle a une figure tout à fait aimable, la petite. Et voyez comme Mirliton se laisse caresser par elle! les bêtes sentent très-bien à qui elles ont affaire, et mon chat ne se laisserait pas toucher par quelqu'un de méchant. »

En effet, par la porte restée entr'ouverte, on voyait Miette, qui était retournée à Mirliton et qui lui passait la main sur le dos en lui murmurant des paroles flat-

teuses. Mirliton, tout en faisant entendre un ronron
d'encouragement, conservait l'air fier d'un chat qui sait
que de pareils égards lui sont dus.

Toujours est-il que, grâce au bon cœur de Perrotte et
à la protection que Mirliton semblait accorder à Miette,
Carilès fut tiré de ses inquiétudes. Et, comme il n'était
pas défiant, et que la présence de la petite fille lui avait
fait gagner en trois jours des sommes énormes dont il ne
savait que faire, il pria la mère Perrotte de vouloir bien
se charger de tenir son ménage et de lui garder son trésor, qui montait à 6 fr. 70 c. C'était plus d'argent qu'il
ne se souvenait d'en avoir jamais eu.

On déjeunait gaiement.

CHAPITRE XIV

Nouvelle vie.

La vie qui commença alors fut toute nouvelle pour Miette, toute nouvelle pour Carilès. S'il avait fallu que le bonhomme s'astreignît à s'occuper du soin d'un ménage, il est probable qu'il se fût bientôt cru aux galères et qu'il eût, comme on dit, jeté le manche après la cognée; mais le secours de la bonne Perrotte, qui prit bien vite Miette en affection, lui rendit fort douce cette existence d'ordre et de paix à laquelle il était si peu accoutumé. On ne le revit plus au *Chêne d'Aaron*, et la mère Gauvreau perdit une de ses pratiques. Chaque matin, Perrotte plaçait sur sa table son poêlon de terre

cuite rempli de lait fumant, et appelait ses voisins.
Carilès et Miette apportaient leurs tasses, et l'on déjeunait gaiement, sans oublier de laisser quelque chose à
Mirliton. Ensuite Miette aidait à laver la vaisselle et à
faire le ménage; elle s'armait d'un chiffon de laine et
frottait les meubles de toute la force de ses petits bras;
elle rangeait, elle essuyait, et Perrotte riait et prédisait
qu'elle serait une fameuse petite ménagère. Puis Carilès
prenait ses moulins et Miette ses balais, et ils s'en allaient
par la ville crier leur marchandise.

Miette était la favorite des femmes de la halle. Perrotte lui ayant un matin confié un petit panier, en la
chargeant de rapporter des légumes, elle était revenue
avec son panier plein, sans avoir vidé sa bourse : chaque
marchande avait donné, et aucune n'avait voulu être
payée. Cela se renouvela souvent, et l'on peut croire que
la Robert n'était pas la dernière à rendre service à
Miette, c'est-à-dire à Carilès. Elle apportait de la laine
de ses moutons pour que Perrotte tricotât des jupons à
l'enfant; elle n'amenait pas une charretée de bois en
ville sans déposer à la porte de Carilès quelques souches
ou quelques fagots, qu'il ne pouvait refuser, puisque
c'était « pour l'enfant ». Et puis c'étaient des pommes,
des galettes, un bon pain bis, encore chaud, tant elle
l'avait tenu bien enveloppé pendant la route ; enfin il ne
se passait pas une semaine sans que le ménage du marchand de moulins à vent ne s'enrichît de quelque don
de la Robert. La vente allait bien ; on s'intéressait à la
petite fille, et les balais ajoutaient aussi chaque jour

quelques sous à la bourse. La mère Perrotte était honnête et économe ; elle aimait l'enfant, elle n'était pas
fâchée d'avoir un voisin avec qui causer, et elle trouvait
aussi son profit à cette vie en commun.

Pour Carilès, il avait décidément gagné au change ;
sans parler du bien-être auquel il était assez indiffé-
rent, il aimait encore mieux trouver son dîner chez lui
que de se donner la peine de l'acheter. Et puis, les jours
de pluie, quel plaisir de n'être plus seul ! même quand
personne ne disait rien, quel doux bruit que celui des
jeux de Miette, mêlé au ronron du chat et au cliquetis
des aiguilles de la mère Perrotte ! Souvent, pour ne pas
allumer deux feux, Carilès apportait son établi dans la
chambre de la voisine, et travaillait à ses moulins, aidé
de la petite fille, qui était devenue fort adroite à en
tailler les différents morceaux ; et Carilès songeait, en la
regardant, qu'il avait certainement toujours été heureux, mais qu'entre son bonheur d'autrefois et celui
d'aujourd'hui il y avait la même différence qu'entre un
moulin d'un sou et un moulin de deux sous. On prend
ses comparaisons où l'on peut.

Parmi les personnes qui s'intéressaient à la protégée
de Carilès, il faut compter la famille de la Ville aux
Roses. Miette était allée porter ses remercîments à Pauline pour avoir taché la robe, et à sa mère pour l'avoir
donnée. On l'avait trouvée très-gentille, on lui avait fait
manger une tartine de raisiné, on l'avait questionnée
sur sa vie passée, et tous les yeux, même ceux de
la mère, s'étaient mouillés au récit des malheurs et

12

des terreurs de l'enfant. On l'avait engagée à revenir,
et madame Terrasson, depuis ce temps-là, se servait
souvent avec ses enfants du nom de Miette comme d'une
excitation à bien faire. « Si l'on met dans une tirelire les
sous du dimanche, on aura de quoi acheter des sabots à
Miette quand ses vieux souliers seront usés. — Peut-on
perdre son pain, quand il y a des enfants, comme Miette,
qui ne vivent que du pain de la charité ! — Pauline, si tu
t'appliquais à bien coudre, tu pourrais faire ces chemises
que je viens de tailler pour Miette dans un vieux drap. »
Et ainsi de suite. Miette était sans cesse citée, et le nom
de Miette obtenait bien des choses que n'eussent pas ob-
tenues des sermons sur la charité, sur l'ordre ou sur le
travail. Nulle morale ne porte plus de fruit que la morale pratique.

L'hiver s'écoulait tout doucement ainsi, et dans les
quartiers de Nantes où le père Carilès était aussi connu
que le loup blanc, Miette commençait à être aussi connue
que Carilès. On savait son histoire, et même bien des
gens en avaient fait une légende en lui attribuant une
foule d'aventures extraordinaires qui ne lui étaient
jamais arrivées. Mais Miette n'en savait rien, et elle
se trouvait très-heureuse de se promener dans la ville en
vendant des balais et des moulins, d'aider Carilès à
tailler ses cartes ou à nettoyer ses baguettes, et de faire
de bonnes parties de jeu avec Mirliton.

Il y avait pourtant dans sa vie des heures qu'elle n'aimait guère et qu'elle cherchait toujours à esquiver.
C'étaient les heures où la mère Perrotte, qui avait sur

les choses d'ici-bas des idées plus justes que Carilès, la faisait asseoir près d'elle sur une grande chaise, et lui mettait entre les mains deux aiguilles d'acier accompagnées d'un brin de laine, lequel dérivait d'un peloton placé dans la poche du tablier de la petite fille. Un peloton! la jolie chose pour faire rouler d'un bout à l'autre du corridor, devant Mirliton qui se précipitait pour l'atteindre, si vite, qu'il roulait sur lui-même comme s'il eût été un autre peloton! et comment pouvait-on faire de ce charmant joujou un vilain instrument de supplice! Il fallait tenir une aiguille de chaque main, passer la laine entre les deux aiguilles, former une maille, la faire couler d'une aiguille sur l'autre, recommencer, recommencer encore, toujours! Cela s'appelait tricoter, et la mère Perrotte disait que c'était nécessaire pour les femmes, cet ouvrage-là. Pour les femmes, peut-être; mais Miette ressemblait encore si peu à une femme! elle ne voyait vraiment pas à quoi cela pouvait servir, un travail qui la faisait rester tranquille si longtemps de suite. La mère Perrotte avait aussi une autre invention tout aussi désagréable que la première; elle avait un jour pris une de ses aiguilles, — toujours ces grandes aiguilles! — elle avait ouvert d'un air grave le livre qui reposait sur sa petite table, côte à côte avec son tricot, et elle avait montré à Miette les petits signes noirs qui en constellaient les feuillets, en lui disant : « Ceci est un A, ceci est un B, » etc. Miette ne voyait aucun inconvénient à ce que ce fût un A ou un B; mais quand il lui fallut chercher des lettres

pareilles parmi celles qui couvraient la page, il lui
sembla que toutes ces lettres lui dansaient devant les
yeux, et Perrotte ne put obtenir d'elle que d'amples
bâillements et des regards désespérés à Mirliton. Cette
scène se renouvela plusieurs fois, et Perrotte, malgré
sa patience, finit par déclarer à Carilès qu'il n'y avait
pas moyen d'apprendre la moindre chose à cette petite
fille-là.

Carilès ouvrit de grands yeux. L'idée ne lui était
jamais venue qu'il fût utile d'apprendre quelque chose
à Miette, et il le dit tout naïvement à Perrotte.

« Mais que voulez-vous qu'elle devienne quand elle
sera grande? lui demanda-t-elle. Elle ne pourra pas
vendre des petits moulins toute sa vie, et il faudra pourtant qu'elle gagne son pain. »

Carilès se mit à rire.

« Oh ! pour cela, elle le sait, et elle ne demande pas
mieux. C'est la première chose qu'elle m'ait dite, qu'elle
voulait gagner son pain ; et vous voyez bien qu'elle
m'aide tant qu'elle peut.

— Oui, elle ne demande pas mieux que de faire ce
qui l'amuse ; mais ça ne pourra pas toujours durer : il
faut absolument qu'elle apprenne à travailler. Vous de-
vriez l'envoyer à l'école.

— A l'école ! Vous croyez qu'elle n'y serait pas malheureuse ?

— Eh non ! Elle aurait des camarades pour jouer, et
elle apprendrait à coudre, à tricoter et à lire, de sorte
que vous pourriez la mettre en apprentissage, dans cinq

ou six ans d'ici, et lui donner un bon métier. Vous vous
êtes chargé d'elle, c'est comme si vous étiez son père ;
vous êtes obligé à présent d'en faire une honnête femme.
Quand on n'est pas capable de gagner son pain, on le vole :
voulez-vous qu'elle devienne une voleuse ? Si vous ne
voulez pas vous occuper d'elle, alors mettez-la à l'hôpital. »

Carilès fit un soubresaut.

« J'aime mieux l'envoyer à l'école ! s'écria-t-il,
Allons, ne vous fâchez pas, mère Perrotte ; elle va y
aller, je vous le promets. — C'est égal, ajouta-t-il en
se parlant à lui-même, c'est joliment difficile d'élever
un enfant. »

Oh ! la pleurarde ! la niaise !

CHAPITRE XV

Cet âge est sans pitié.

Carilès avait raison : il est très-difficile d'élever un enfant; il est même très-difficile d'accomplir un bien quelconque, et dans ces deux entreprises beaucoup de gens restent en route. Ils s'occupent de leur enfant tant qu'il n'y a qu'à s'en amuser, comme d'un joli petit animal; et le jour où il faudrait le contrarier un peu pour lui faire prendre un bon pli, ils trouvent la tâche ennuyeuse et la passent à d'autres, à moins qu'ils ne laissent l'enfant s'élever tout seul. Bien des gens aussi se lancent à corps perdu dans une bonne action : ils sont tout feu tant que cela ne leur donne pas de peine, mais ils se retirent dès que l'entreprise leur coûte un peu d'effort et de fatigue ; et pour faire taire leur conscience qui gronde, ils lui jettent en pâture cette belle excuse : « Après tout je n'étais pas obligé *à cela*, et c'est déjà beaucoup ce que j'ai fait. »

Eh non ! monsieur ou madame ; vous êtes complétement dans l'erreur. Vous n'étiez pas obligé *à cela*, peut-être bien, avant de l'avoir entrepris ; mais vous y êtes absolument obligé, à présent que vous avez commencé : c'est un engagement moral que vous avez pris ; et ce que vous avez déjà fait n'est rien du tout. C'est le bien à moitié fait, fait par hasard, qui jette dans le monde tant de semences de rancune qui lèvent plus tard et qui font crier à l'ingratitude. Si Carilès, après avoir donné à Miette six mois de bonheur, l'eût abandonnée, ne lui aurait-il pas fait plus de mal que de bien ? Disons tout de suite que le brave homme n'en avait nulle envie ; seulement il commençait à éprouver les inquiétudes des pères de famille.

Il prit ses informations, et sut qu'il y avait dans le voisinage une école gratuite de filles. Par un beau jour de mai, il y conduisit Miette, parvenue à ce qu'on appelle l'âge de raison, non sans lui avoir présenté les plus encourageantes perspectives : de bonnes petites camarades qui joueraient avec elle, et une maîtresse qui lui raconterait les plus belles histoires du monde.

Miette, un peu tremblante, mais confiante pourtant, fit son entrée, son petit panier au bras, dans la grande salle carrelée, aux murs badigeonnés en jaune, et peu-

plée d'une cinquantaine de petites filles aux yeux curieux.
Sous ces cinquante paires d'yeux, Miette baissa les siens,
et alla s'asseoir à la place qu'on lui indiqua, en se faisant
aussi petite que possible. Personne ne lui parlait, mais
on chuchotait dans la salle, et Miette sentait qu'on parlait d'elle; elle commençait à avoir envie de pleurer.
Plusieurs élèves furent appelées pour lire ou réciter; et
à chaque instant la maîtresse recommandait à la *nouvelle*
d'écouter ce que disaient les autres. Miette écoutait;
elle s'efforçait même de comprendre, si bien que sa
petite cervelle en était toute fatiguée. Les mouches bour-
donnaient contre les vitres; le soleil brillait, et l'esprit
de l'enfant s'envolait au loin, sur les quais étincelants de
soleil, sur les ponts d'où l'on voyait les bateaux et les
prairies, et où Carilès passait tout seul, pendant que
Miette était enfermée avec des inconnues... Et toutes ces
voix monotones qui psalmodiaient en chœur une leçon la
berçaient comme un chant de nourrice. Elle perdit peu
à peu le fil de ses pensées, sa tête se pencha sur sa poitrine et se trouva bientôt appuyée sur la table : Miette
dormait.

Un grand coup de coude la réveilla. Effarée, elle se
dressa sur ses pieds, et ne se rendant pas bien compte de
la situation, n'entendant même pas le rire étouffé de sa
voisine, elle s'écria : « Me voilà, père Carilès! »

Un grand éclat de rire de toute l'école lui répondit.
La maîtresse s'interrompit et regarda sévèrement Miette.
Miette, tout à fait réveillée, cacha sa figure dans ses
mains.

13

« Fi ! que c'est vilain, s'écria la maîtresse, de troubler la classe dès le jour de son arrivée. Allez vous mettre dans un coin, toute seule ; là, au moins, vous ne dérangerez personne. »

La pauvre Miette obéit, et ne fit plus guère attention aux leçons : elle avait assez d'occupation à étouffer ses sanglots. La cloche de la récréation sonna, et les enfants s'élancèrent à la recherche de leurs paniers comme si elles n'eussent pas mangé depuis huit jours. Sur un signe de la maîtresse, Miette les suivit. Mais elle n'osa pas se mêler aux groupes ; elle posa son panier par terre, au bout de la cour, et se mit à grignoter, en soupirant, son pain et ses figues. Personne ne s'approchait d'elle ; personne ne venait l'inviter à prendre part aux jeux. De temps en temps, les enfants la regardaient en causant. Quelques lambeaux de leur conversation lui arrivaient par moments.

« C'est la petite sorcière !

— Est-ce qu'elle est sorcière, vraiment ?

— Puisqu'elle vend des balais ! Toutes les sorcières ont des balais, c'est connu, dit une des malignes de la bande.

— On dit que le père Carilès l'a volée.

— Non pas ; elle est tombée à califourchon sur ses épaules, un soir qu'il passait le long des tours du château, et il n'a jamais pu se débarrasser d'elle depuis. »

Les rires recommencèrent.

« Il faut lui demander son histoire ! elle la saura bien, peut-être.

— C'est cela ! demandons-lui son histoire ! »

L'essaim s'envola, et vint s'abattre tout près de Miette, qui s'était reculée involontairement, comme si elle eût craint d'être écrasée.

« Petite, comment t'appelles-tu ? lui dit d'un air d'autorité une des *grandes* de l'école.

— Marie Carilès, répondit l'enfant avec un peu d'hé-sitation, car elle était bien plus habituée à son petit nom de Miette.

— Est-ce que c'est ton père, le vieux Carilès ?

— Non ; mon vrai père s'est tué en faisant des tours.

— Et ta mère, demanda une fillette à l'air jovial, s'ap-pelait-elle madame Carilès ?

— Tais-toi donc, reprit l'autre interrogatrice. Qu'est-ce qu'elle faisait, ta mère ?

— Elle jouait la comédie à la foire, » répondit Miette, qui trouvait cela tout simple.

Les rires redoublèrent.

Miette n'avait pas conservé de sa famille des souvenirs assez agréables pour s'y complaire, et elle ne pensait pas souvent à ses parents ; mais en ce moment l'image de la pauvre comédienne qui la déshabillait et la cou-chait si soigneusement après le spectacle, sans prendre le temps de quitter son costume souvent baigné de sueur, lui revint si vivement en mémoire qu'il lui sembla sentir son baiser. Elle fondit en larmes.

« Oh ! la pleurarde ! la niaise ! s'écrièrent les enfants. Personne ne jouera avec elle ! allons-nous-en ! »

Elles s'en allèrent en effet ; et bientôt après on rentra

dans la classe, où Miette s'efforça pendant deux heures
de comprendre quelque chose aux belles histoires de la
maîtresse, tout en songeant tristement aux bonnes petites
camarades qui devaient jouer avec elle. C'était le père
Carilès qui le lui avait promis. Il l'avait donc trompée?
et si Carilès l'avait trompée, à qui pourrait-elle recourir,
la pauvre Miette!

Quand le signal fut donné, elle se leva avec l'empressement qu'on met le matin à sortir d'un lit où l'on a été
victime d'un cauchemar. Elle croyait trouver Carilès à
la porte; mais il avait sans doute été retenu, et il n'était
point encore là. — « Est-ce qu'il m'a abandonnée? » se
dit l'enfant, et sa tristesse s'augmenta. Elle se dirigea
pourtant vers la rue aux Oisons : mais deux bras étendus
lui barrèrent le passage.

« As-tu fini de pleurer? » lui demanda une de ses
persécutrices de tout à l'heure.

Il n'en fallait pas davantage pour rappeler ses larmes,
qui n'étaient pas bien loin.

« Ah! elle pleure encore! c'est pour remplacer la
pluie! s'écria une autre écolière.

— Elle a entendu dire qu'on avait besoin d'une fontaine dans la rue!

— Mais non, les sorcières n'aiment pas l'eau.

— Sorcière, qu'as-tu fait de ton balai?

— Sais-tu jouer la comédie? Allons, fais-nous des
tours!

— Danse-nous une belle danse!

Petites misérables, s'écria-t-il.

— Oui, oui, danse, nous danserons une ronde autour de toi ! »

Les mains s'unirent aux mains, et une ronde se forma.

La pauvre Miette essaya en vain de la rompre pour s'enfuir ; le cercle tourbillonnait autour d'elle, avec des rires et des cris qui lui étaient adressés, car les mots : sauteuse ! comédienne ! marchande de balais ! sorcière ! venaient à chaque instant frapper son oreille.

Par moments elle se sentait saisir et pousser violemment ; elle tournait sur elle-même et se trouvait à dix pas, étourdie, pleurante, et toujours environnée de la bande infernale.

« Lâchez-moi ! je vous en prie ! criait-elle en essayant d'arrêter ses persécutrices ; laissez-moi m'en aller ! mon père m'attend ! »

Mais elle avait beau prier, on ne l'écoutait pas ; elle avait beau regarder tous ces visages enfantins, elle n'en voyait aucun qui exprimât la moindre compassion pour son martyre. Éperdue, Miette mit ses mains sur ses yeux et resta immobile, n'essayant plus de s'enfuir, et murmurant d'une voix entrecoupée de sanglots : « Oh ! père Carilès ! père Carilès ! »

Tout à coup le bruit et le mouvement s'arrêtèrent court : un grand silence se fit, au milieu duquel la voix de Carilès, cette voix si pacifique d'ordinaire, résonna comme la trompette de l'ange du jugement.

« Petites misérables ! s'écria-t-il, faut-il que vous soyez sans âme et sans cœur pour ne pas avoir pitié d'une pauvre petite enfant sans père ni mère ! Et encore vous avez pris pour l'insulter le moment où le pauvre vieux bonhomme n'était pas là pour la défendre !

» Pauvre agneau ! moi qui lui avais promis que vous l'aimeriez ! Allez, vous n'êtes toutes que des lâches ! mais je vous le dis, moi, bien sûr que Dieu vous punira ! »

Il ramassa le panier que Miette avait laissé tomber, prit l'enfant par la main et l'entraîna en lançant un dernier regard de colère aux petites filles terrifiées.

Elle le serra de toute sa force.

CHAPITRE XVI

Qu'est-ce que Dieu?

Il ne fut plus question de retourner à l'école. Carilès combla Miette de caresses pendant toute la soirée, et le lendemain matin, il lui mit dans la main son paquet de balais, et l'emmena dans sa tournée de vente, sans s'inquiéter des remontrances de Perrotte, qui pensait que l'enfant serait bien obligée un jour ou l'autre de se mêler à la vie de tout le monde, et qu'il valait mieux commencer plus tôt que plus tard. Carilès, lui, ne voulait pas qu'on la fît pleurer, et son cerveau demeurait obstinément fermé à toute autre considération. Quant à la petite fille, elle le suivit, vendant ses balais, recevant l'argent, remerciant

14

et souriant avec distraction. Elle avait en tête une foule
d'idées. — Comme les petites filles étaient méchantes !
Est-ce que partout dans le monde, quand on n'avait personne pour vous protéger, on rencontrait des gens aussi
méchants que cela ? — Est-ce qu'il fallait absolument
pour vivre apprendre tous ces mots qu'elle avait entendus la veille dans l'école ? Et Carilès, comme il était
bon ! comme il l'aimait, comme il avait bien su la défendre ! Où donc avait-il trouvé ce qu'il avait dit aux
méchants enfants, lui qui parlait si peu d'ordinaire et
qui avait une voix si tranquille ? Et puis, qu'avait-il
voulu dire par ces mots : Dieu vous punira ! » Miette
resta songeuse toute la journée ; et le soir, quand son
père adoptif vint l'embrasser dans son petit lit, elle le
serra de toute sa force en lui disant : « Oh ! je t'aime ! »
Et elle ajouta après un silence : « Dis-moi donc, qui
est-ce qui les punira ?

— Qui ? ma chérie !

— Les méchantes petites filles. Tu as dit : Dieu vous
punira. Qui est-ce donc, Dieu ? »

Carilès fut pris au dépourvu par cette question d'enfant.

« Mais..., répondit-il, je ne sais pas comment t'expliquer..... Dieu ! mais tout le monde sait cela !

— Je ne sais pas, moi ! Est-ce à l'école qu'on l'ap-
prend ?

— A l'école... oui, certainement ; mais on le sait bien
sans aller à l'école, puisque je n'ai jamais été à l'école et
que je le sais, moi !

— Alors, dis-le moi ! Il punira les méchantes petites filles ? qu'est-ce qu'il leur fera ?

— Je n'en sais rien ; mais il les punira, c'est sûr, parce qu'il est bon et qu'il n'aime pas qu'on soit méchant. Il aime tout ce qui est bon.

— Alors il t'aime, toi ! dit l'enfant en se serrant contre le cœur du vieillard. Où donc est-il, Dieu ?

— Dans le ciel, le beau ciel bleu où sont les étoiles : c'est lui qui les a faites, et aussi le soleil et la terre, et les hommes, et tout.

— Est-ce que les nuages le cachent, que je ne l'ai jamais vu ?

— Personne ne le voit ; mais il est dans le ciel et il est bon : voilà ce que c'est que Dieu !

— Je suis contente de le savoir, » murmura Miette.

Et, comme elle tombait de sommeil, ses doigts, qui serraient la main de Carilès, se détendirent peu à peu, et ses bras s'allongèrent sur la couverture ; ses yeux se fermèrent, et elle s'endormit en rêvant de quelqu'un de puissant et de bon, qui habitait là-haut, tout au fond du ciel, et dont le regard bienveillant se glissait à travers les étoiles pour veiller sur le repos des bons.

Carilès avait gagné son lit, lui aussi, mais il ne s'endormit pas aussi vite que Miette. La question de l'enfant avait remué toute son âme. Comme il ne se rappelait pas du tout où il avait appris ce que c'est que Dieu, il ne lui était pas venu à l'idée que Miette eût besoin de l'apprendre ; et il comprenait maintenant qu'il fallait qu'elle l'apprît, et qu'elle l'apprît de lui. Car il était bien dé-

cidé à ne pas la renvoyer à l'école. « Et d'ailleurs, se
disait-il, est-ce qu'elles savent ce que c'est que Dieu,
ces méchantes créatures qui n'ont pas de pitié dans le
cœur, et cette maîtresse qui n'a su qu'effrayer ma pauvre Miette. Moi, je ne suis qu'un pauvre homme ignorant ; eh bien, quand je l'ai prise, j'ai trouvé moyen de
la rassurer. Il n'y a pas besoin d'étudier dans les livres
pour cela, et je ne vois pas à quoi leur a servi leur
science, hier. Il faut que je tâche de me rappeler tout ce
que j'ai entendu dire de beau dans ma vie (et à mon âge,
on n'est pas sans avoir entendu beaucoup de paroles, des
bonnes et des mauvaises), il faut que je me rappelle les
bonnes pour lui répondre quand elle me fera d'autres
questions. Je n'ai pas su lui expliquer ce qu'elle me demandait ce soir : elle n'aura sûrement pas compris. Je
le sais bien pourtant, mais il aurait fallu lui tourner cela
d'une manière bonne pour les petits enfants, et je ne
suis pas capable de trouver les mots qu'il faut. Comme
c'est fâcheux que je ne sois qu'un ignorant ! »

Et, à force de chercher à mettre de l'ordre dans l'idée
qu'il se faisait de Dieu, Carilès finit lui aussi par s'endormir.

Elle le lança à son ennemie.

CHAPITRE XVII

Un essai de vengeance.

Pendant plusieurs jours Miette resta songeuse. Elle
avait acquis la conviction de cette triste vérité, qu'il y a
des méchants dans le monde. Elle l'avait su autrefois ;
mais elle l'avait oublié depuis six mois qu'elle n'avait
rencontré que de bonnes âmes, ou plutôt elle avait fini
par s'imaginer que les saltimbanques seuls étaient méchants. Maintenant elle avait peur, elle se défiait ; c'é-
tait timidement qu'elle présentait ses balais, et sa voix
tremblait quand elle les offrait et qu'elle remerciait les
acheteurs. Elle évitait Perrotte, qui avait parlé une ou
deux fois de la renvoyer à l'école ; mais elle était plus

tendre que jamais envers Carilès. Qand elle l'embrassait
en le serrant bien fort, mais sans rire et sans jaser comme
par le passé, le bonhomme lui rendait ses caresses en
soupirant ; il sentait qu'il y avait sur ce petit cœur un
poids qu'il ne savait comment ôter. Et c'était en effet un
poids bien lourd pour un cœur de sept ans ; un fardeau
de crainte et de méfiance ; d'humiliation, car Miette se
rappelait tous les noms injurieux dont on l'avait nom-
mée ; de rancune aussi, car, en songeant à ses persécutrices, elle éprouvait du plaisir à se dire : « Dieu les
punira, » et elle aurait bien voulu les punir elle-même.

Pourtant, le samedi, Miette sentit renaître sa gaieté.
C'est que, ce jour-là, Carilès ne manquait jamais de
parcourir la Ville-aux-Roses, et qu'il s'y trouvait cinq
visages qui n'inspiraient à Miette que des idées riantes.
Aussi trouva-t-elle la tournée bien longue ; et, de fait.
Carilès dut s'arrêter tant de fois sur sa route que sa provision était presque épuisée quand il passa la grille de
l'avenue.

Miette s'inquiétait. « Qui sait s'ils ne seront pas sor-

tis?« se disait-elle. Comme elle pen-
sait ainsi, elle aperçut à quelques pas
une petite fille qu'elle reconnut ;
c'était celle qui s'était montrée la
plus acharnée contre elle, en son
unique jour d'école. Le rouge monta
au visage de Miette, et la colère lui
troubla l'esprit. Elle se baissa, ramassa un caillou qui
se trouvait là, et le lança à son ennemie. Puis, effrayée

à la fois de son action et des représailles probables, elle s'enfuit en retournant la tête pour voir ce qui arriverait.

Elle ne vit rien, car son projectile, lancé par une main trop faible, était tombé à moitié che-min du but. Celle à qui il était destiné ne le vit même pas, car elle avait détourné les yeux pour ne pas rencontrer le terrible regard de Carilès. Il n'y eut dans cette aventure qu'une victime, ce fut Miette elle-même, dont le pied mal assuré rencontra une grosse pierre, et qui s'étala rudement sur le pavé. Carilès s'élança pour la relever : son nez saignait, et une de ses mains avait quelques écorchures; mais, quand elle voulut essayer de marcher, elle ne put se soutenir.

« Oh ! mon pied ! comme il me fait mal! » s'écria-t-elle.

A ses plaintes, des enfants qui jouaient au soldat s'arrêtèrent, et le capitaine, abandonnant sa compagnie, courut à toutes jambes vers une maison voisine, et en ressortit bientôt, entraînant avec lui sa mère qu'il tenait par la main.

« C'est la petite Miette, maman, lui disait-il d'une voix haletante ; elle est tombée, et puis elle a crié : Oh ! mon pied ! comme il me fait mal ! Viens la guérir ! »

Le capitaine, qui n'était autre que Georges Terrasson, arriva avec sa mère auprès de la petite blessée, au moment où Carilès, voyant que décidément elle ne pouvait marcher, essayait de l'emporter dans ses bras. Ce n'était

pas chose facile ; l'enfant avait grandi et s'était fortifiée
depuis qu'elle était devenue la fille adoptive de Carilès,
et le bonhomme était déjà chargé de ses moulins et des
balais de Miette. Mme Terrasson, qui ne s'inquiétait guère
du *qu'en dira-t-on* quand il y avait une bonne œuvre à
faire, prit Miette des bras de Carilès en disant : « Venez chez moi, nous verrons ce qu'elle a, mieux qu'ici. »
Elle l'emporta tout doucement sans lui faire de mal, et
s'assit sur une petite chaise en la tenant sur ses genoux.
Carilès et les quatre enfants restaient là debout, retenant
leur haleine, les yeux fixés sur Miette, pendant que la
jeune femme la déchaussait ; et ils ne purent retenir une
exclamation de douleur et de pitié, en voyant sortir du
bas le pauvre petit pied tout enflé.

Mme Terrasson le tâta, l'examina, et relevant la tête en
souriant :

« Ce ne sera rien, père Carilès, dit-elle, rassurez-vous ;
ce n'est qu'un pied foulé, et avec quelques compresses,
il n'y paraîtra plus. Pauline, donne-moi une cuvette
d'eau bien fraîche. C'est cela ! — N'aie pas peur, ma
mignonne, tu seras bientôt guérie. Tu as été effrayée,
n'est-ce pas ? Bois un peu d'eau sucrée, cela calmera ce
petit cœur qui bat si fort. Et ta main, donne-la à Pauline pour qu'elle la lave. Vois-tu, elle ne saigne plus,
ni ton nez non plus. Ton pied te fait-il un peu moins
mal ? »

Miette dit que oui, mais il s'en fallait encore de beaucoup qu'elle pût marcher. Mme Terrasson réfléchit un instant.

Carilès et les quatre enfants restaient là debout.

« Voulez-vous me la laisser, père Carilès ? dit-elle. Je continuerai l'eau fraîche, et un peu plus tard je lui mettrai des compresses; elle sera tout à fait guérie demain ; au lieu que si vous l'emmenez, je crains que l'enflure de son pied n'augmente pendant la route. J'aurai bien soin d'elle, je vous assure.

— Elle va rester! elle va rester! s'écrièrent les enfants en sautant de joie. Miette, tu vas rester avec nous !

— Je te prêterai toutes mes poupées !

— Je te mettrai mon ceinturon et mon sabre, et tu commanderas le bataillon !

— Tu auras mon couvert et ma timbale pour dîner !

— Moi, je te donnerai mon petit fauteuil! »

Carilès était tout ému.

« Oh ! madame, vous êtes trop bonne ! c'est vrai que j'aurai bien de la peine à l'emporter... mais vous donner cet embarras...

— Bah! un enfant de plus quand on en a déjà quatre, ce n'est pas une affaire. Songez donc, si le mal augmentait ! vous ne pourriez pas la soigner chez vous, il faudrait la mettre à l'hôpital, et peut-être vous séparer d'elle pour longtemps. »

Carilès devint blême.

« Je vais vous la laisser, madame : que le bon Dieu récompense votre charité ! je suis bien fâché de n'être qu'un pauvre homme et de ne pouvoir rien faire pour vous.

— Tu veux bien rester chez la bonne dame, n'est-ce pas, Miette ? Je reviendrai te chercher demain. »

Et Carilès partit, non sans avoir embrassé bien des
fois la petite malade. Mais, au bout de cinq minutes, il
revint sur ses pas, et s'approcha tout doucement de la
fenêtre, pour voir dans la chambre, sans être vu, et
pour s'assurer que sa chère Miette ne pleurait pas et ne
le rappelait point.

On se disputait à qui servirait Miette.

CHAPITRE XVIII

Notre père qui êtes aux cieux !

Mme Terrasson avait à s'occuper des préparatifs du dîner ; elle ne pouvait garder Miette sur ses genoux. La petite fille fut donc installée dans le petit fauteuil que Paul, le plus jeune des enfants, lui apporta, tout rouge et tout essoufflé de ce travail d'Hercule ; son pied fut étendu sur un coussin et enveloppé de compresses qu'on renouvelait à chaque instant, et elle resta tranquille, un peu engourdie par la souffrance et l'émotion. Elle regardait comme dans un rêve la jeune mère qui allait et venait, vaquant aux soins du ménage, et les enfants qui mettaient en ordre les livres et les jouets, non sans venir

à chaque instant s'informer « si elle n'avait besoin de
rien ». Elle ne savait plus trop où elle était, mais elle se
trouvait bien là.

Pourtant il y avait en elle quelque chose qui la trou-
blait, qui l'empêchait de jouir de ce bien-être et de ces
soins affectueux. Ce n'était pas le souvenir de Carilès :
oh ! mon Dieu non ! Miette n'était pas inquiète pour lui
et n'avait pas sujet de l'être. Mais il lui venait quelquefois à l'idée : « Est-ce que ma pierre a fait grand
mal à la petite fille ? et si l'on savait ici que j'ai jeté
la pierre, est-ce qu'on voudrait encore avoir soin de
moi ? »

D'autres fois, elle s'imaginait que sa propre pierre
s'était retournée contre elle pour la faire tomber.

Le père de famille rentra. Il fut mis au courant de la
situation par quelques mots de sa femme ; les quatre enfants y ajoutèrent des explications détaillées, embrouil-
lées, interminables, auxquelles le père ne comprit rien,
d'autant plus qu'ils parlaient tous les quatre à la fois.
Mais il souriait et paraissait se plaire au son de ces jeunes
voix et aux mines de ces jeunes orateurs. Il salua Miette
d'un amical : « Bonjour, ma petite ; » et il alla s'asseoir à table. On n'y mit pas Miette : il fallait qu'elle
restât tranquille ; mais Paul et Georges, qui s'étaient mis
deux pour ce grand ouvrage, apportèrent devant elle la
petite table sur laquelle on faisait la dinette ; Pauline y
étendit une serviette blanche, y plaça une assiette, une
fourchette, un couteau, une cuiller, un verre, et même
une carafe et une bouteille qu'il fallait remplir deux

fois pour faire un verre de boisson. Et pendant tout le
dîner ce furent des allées et des venues des quatre
enfants qui se disputaient à qui servirait Miette : jamais princesse n'eut tant de pages empressés à prévenir
ses désirs. Elle mangea des confitures pour la première
fois de sa vie; car Mme Terrasson, qui ne donnait ordinairement du dessert que le dimanche, mit sur la
table, en l'honneur de Miette, un pot de mirabelles.
Le petit Paul, les yeux brillants de plaisir, déclara
« qu'il voudrait que la petite fille eût tous les jours
des entorses ». Les trois autres rirent, et la mère le
rendit tout triste en lui faisant observer qu'une en-
torse faisait beaucoup de mal. Paul n'avait pas pensé
à cela.

Après le dîner, la nappe enlevée et la vaisselle remise
en ordre, les enfants vinrent s'asseoir sur le petit canapé,
auprès de leur père, qui demanda « si l'on avait bien travaillé aujourd'hui ». Vite, la troupe s'éparpilla ; chacun
courut à son carton, et revint avec des cahiers, des
livres, qu'il présentait au père. Celui-ci examinait, louait
ou critiquait, faisait dire une fable ou répéter les fleuves
ou les villes d'un pays ; et Miette écoutait tout cela, et
trouvait que c'était bien beau. Ce qui la frappa le plus,
ce fut l'approbation donnée au tricot et à la couture de
Pauline, que son père embrassa en lui disant qu'elle devenait une vraie femme, puisqu'elle savait à la fois bien
écrire et bien travailler. Il ajouta qu'il était maintenant
pressé de voir venir l'hiver, pour mettre à ses pieds ces
chaussettes tricotées par sa fille, et que certainement cela

l'aiderait dans son ouvrage, l'idée que sa bonne petite Pauline avait travaillé pour lui. Miette se dit que cela ferait peut-être bien plaisir à Carilès de porter des bas tricotés par elle, et si la mère Perrotte eût été là avec ses aiguilles, je crois que l'enfant eût consenti à prendre une leçon. Mais elle se représenta bien vite la longueur des jambes, et par conséquent des bas de Carilès, et, les explications de Perrotte lui revenant en mémoire, elle n'y comprit rien, et se dit : « C'est trop difficile pour moi ! » mais elle n'en devint pas plus gaie.

« Il est l'heure de dormir, dit Mme Terrasson, j'ai fait un lit pour Miette dans le cabinet de toilette. Dites-lui bonsoir et allez-vous-en. »

Après bien des caresses échangées entre le père et les enfants, on se décida à aller dormir. Mme Terrasson déshabilla Miette, dont le pied allait beaucoup mieux, et la porta dans le lit qu'elle avait dressé pour elle.

La porte du cabinet était restée grande ouverte. Miette, qui ne s'était pas endormie, entendait le murmure des petites voix dans la chambre voisine ; mais ce n'était pas le gazouillement joyeux de leurs rires et de leur babillage accoutumé ; c'était quelque chose de plus doux et de plus pénétrant. Que disaient-ils donc ? Miette prêta l'oreille, et saisit ces deux mots : « Mon Dieu ! » Alors, elle se pencha pour regarder et pour mieux entendre.

Les quatre enfants étaient agenouillés devant le lit de leur mère, et celle-ci, debout derrière eux, les écoutait, aidant quelquefois la mémoire des plus petits,

ou leur suggérant une demande à ajouter à leur prière.
Ainsi, à ces paroles : « Mon Dieu, guérissez les malades, » elle dit à demi-voix : « et Miette. » Et les
enfants reprirent : « Mon Dieu, guérissez le pied de
Miette. » Puis trois des enfants se turent, et Pauline
seule dit tout haut une prière que les autres répétaient
tout bas.

« Notre Père, qui êtes aux Cieux! » disait Pauline.
Miette écoutait, tout émue, les paroles de Pauline.
Cette prière, elle ne la comprenait pas, et pourtant
elle l'aimait ; et quand elle fut finie, Miette aurait
voulu l'entendre encore. C'était comme un monde inconnu qu'elle entrevoyait. Notre Père, qui êtes aux
Cieux ! Ce père à qui parlaient les enfants, n'était-ce
pas Dieu, puisque Carilès lui avait dit que Dieu est
au Ciel? Elle aurait bien voulu le savoir, et n'osait
pas le demander. La prière finit, et les enfants ga-
gnèrent leur lit. Miette vit leur mère s'approcher
tour à tour de chacun d'eux, lui parler un instant,
le *border* et lui donner un baiser. Ce baiser retentit
dans le cœur de l'orpheline. Certes, sa mère défunte ne
ressemblait guère à Mme Terrasson, et sa rude tendresse
n'avait pas laissé à l'enfant des souvenirs bien regretta-
bles ; mais Miette ne songeait pas à cela. Toutes les
mères s'étaient incarnées pour elle en une seule, cette
jeune femme au doux sourire qui embrassait si tendrement ses enfants, qui les aimait tant, et qui soignait
Miette par charité, mais qui ne l'aimait pas, car elle n'é-
tait pas sa petite fille. Non, elle n'était pas sa petite fille,

16

elle n'était la petite fille de personne. La pauvre enfant,
à cette pensée, se sentit si abandonnée, si seule au monde,
qu'oubliant Carilès, elle se figura qu'il ne pouvait pas y
avoir de bonheur pour une petite fille sans mère. Elle se
rejeta en arrière et laissa tristement retomber sa tête sur
l'oreiller.

Mme Terrasson, sa tournée finie, vint savoir comment
allait Miette, et l'enfant lui répondit d'une voix si triste,
qu'elle en fut frappée. Pendant qu'elle la bordait dans
son petit lit, Miette la regardait avec angoisse, en se disant au fond de son pauvre cœur : « Elle ne m'embras-
sera pas, moi, je ne suis pas sa petite fille. »

Mme Terrasson devina-t-elle ce qui se passait dans
cette petite âme? Je ne sais ; ce qui est sûr, c'est qu'elle
avait déjà dit : « Bonsoir, Miette ! » et fait un pas pour
s'éloigner, lorsque, se ravisant tout à coup, elle revint,
se pencha sur la petite fille, et l'embrassa.

« Merci, madame ! » murmura Miette, le cœur inondé
de joie.

Mme Terrasson comprit tout à fait. Elle pensa à ses
enfants ; elle se les représenta orphelins, seuls dans le
vaste monde, attendant comme une aumône le baiser
d'une étrangère, et elle se sentit un cœur de mère pour
la pauvre petite Miette. Elle s'assit près d'elle, l'attira
dans ses bras, lui murmura de douces paroles qu'elle en-
tremêlait de caresses, et réussit à la mettre si bien en
confiance, que l'enfant finit par lui demander ce que voulait dire : « Notre Père, qui êtes aux Cieux. »

La jeune mère expliqua à l'orpheline la sublime prière

de l'Évangile. Et quels enseignements auraient pu valoir les siens ? N'était-elle pas habituée à mesurer ses paroles à l'intelligence des petits enfants ? Miette la comprenait sans efforts et l'interrogeait sans crainte : elle se sentait aimée, toute sa timidité avait disparu.

« Quand est-ce qu'il arrivera, le règne de Dieu, où tout le monde sera bon ? demanda-t-elle. Est-ce bientôt ?

— Je ne sais pas, mon enfant ; mais chacun peut l'avoir dans son cœur dès à présent. Ainsi, quand une petite fille fait tout le bien qu'elle peut, quand elle n'a plus aucune méchanceté, le règne de Dieu est arrivé en elle. Comprends-tu ?

— Ah ! oui ! » dit Miette un peu confuse. Elle sentait que le règne de Dieu n'était pas encore arrivé en elle.

Mais quand Mme Terrasson lui eut expliqué : « Pardonnez-nous nos offenses, » Miette réfléchit un instant ; puis, jetant un cri, elle cacha sa figure dans son oreiller et fondit en larmes.

Effrayée, la jeune femme la souleva dans ses bras, l'interrogea doucement, et finit par obtenir l'aveu de sa méchante action du matin. Et Miette, entraînée par son émotion, lui raconta sa journée d'école avec tant de passion et de douleur, qu'elle lui fit venir les larmes aux yeux. Mme Terrasson la consola, l'encouragea, et, continuant l'explication du *Pater* : Ne nous laissez pas succomber à la tentation. »

« La tentation, lui dit-elle, c'était l'envie de jeter cette pierre ; et si tu avais prié Dieu, cette méchante envie t'aurait passé.

— Est-ce qu'il serait descendu de son ciel pour m'empêcher de jeter la pierre ? demanda Miette.

— Il n'a pas besoin de descendre de son ciel, puisqu'il est partout ; mais toi, rien que de penser à lui demander de te rendre bonne, cela t'aurait empêchée d'être méchante. Mais cela ne t'arrivera plus, n'est-ce pas ? Dors bien, ma petite ; tu es fatiguée, et il faut que tu sois guérie et que tu aies de belles joues roses demain matin, quand ton papa Carilès viendra chercher sa petite fille. »

Miette s'endormit calme et contente, et Mme Terrasson prit sa corbeille à linge et vint rejoindre son mari. C'était l'heure qu'elle préférait, cette heure de la veillée, cette heure calme où elle raccommodait les vêtements de la famille en écoutant la douce respiration de ses enfants endormis. La lampe éclairait la chambre propre et bien rangée, et par moments une bouffée de parfums de réséda ou de roses y pénétrait par la fenêtre entr'ouverte. La jeune femme, tout en cousant en silence auprès de son mari qui écrivait (car il apportait de l'ouvrage chez lui pour augmenter les ressources de la famille), songeait à la petite orpheline, à son triste passé et à l'avenir qui l'attendait. « Il faudrait qu'elle pût s'instruire de façon à pouvoir gagner sa vie plus tard, se disait-elle ; mais cette école ! ce serait trop dur de l'y renvoyer, et dans une autre cela pourrait bien être la même chose. Si je la faisais venir

ici ? Cela rendrait service à cette étourdie de Pauline,
qui serait bien obligée de se calmer et de s'appliquer
pour lui montrer à travailler ; et les garçons pren-
draient l'habitude d'être doux et complaisants s'ils
avaient à s'occuper de cette petite. Aujourd'hui j'ai vu
comme ils la soignaient bien : ils ne se sont pas disputés
une seule fois. Il faudra que je parle de cela à mon
mari. »

Il les vendait par douzaines.

CHAPITRE XIX

Années d'apprentissage.

Mme Terrasson avait parlé de « cela » à son mari ;
elle avait eu ensuite une longue conversation avec le
père Carilès, lorsque celui – ci était venu chercher
Miette ; et de tous ces conciliabules il était résulté des
résolutions importantes. Miette n'était pas retournée à
l'école, et pourtant ce n'était plus que dans l'après-
midi qu'on la voyait trottiner auprès de Carilès, vendant
ses petits balais et répétant le refrain du vieillard. Elle
ne restait pas non plus avec la mère Perrotte, et celle-ci,
en la voyant partir tous les matins, faisait la mine, hochait la tête et grommelait quelque chose sur le danger

de fréquenter des gens qui sont au-dessus de nous.
Bonne Perrotte ! C'était une femme prudente, assurément ; mais prudence n'est pas méfiance, et il y a encore
de bonnes gens sous le ciel, aussi bien au-dessus qu'au-
dessous de chacun de nous. C'était l'avis de la Robert,
que Carilès n'avait pas manqué de consulter, et la Robert avait de l'expérience et pensait qu'avec les gens
instruits on gagne toujours quelque chose. Disons tout
de suite que Perrotte fut complétement rassurée sur la
conduite présente et future de Miette, le jour où celle-ci,
s'étant emparée de son ouvrage pendant qu'elle faisait
la soupe, lui tricota une vingtaine de tours de son bas,
d'un point si uni et si égal que Perrotte elle-même ne
put jamais retrouver l'endroit où son ouvrage avait
changé de mains.

Où donc Miette avait-elle acquis ce talent, et où allait-
elle tous les matins après le déjeuner, pour y rester jusqu'au milieu du jour? Elle suivait d'abord Carilès jusqu'à
la Ville-aux-Roses; mais à la grille de l'avenue elle lâ-

chait la main du vieillard, et lui
jetant un joyeux : « A revoir, père
Carilès ! » elle prenait sa course
pour arriver plus vite à la maison
hospitalière de la famille Terrasson.
Qui lui eût dit qu'elle allait à l'école
l'eût bien étonnée; et pourtant c'était
pour elle une école, où elle avait
autant de professeurs que la maison avait d'habitants.
Le petit Paul s'était chargé avec orgueil de lui apprendre

ses lettres, — c'était tout ce qu'il savait. Georges et Émile la faisaient épeler et lui apprenaient à compter ; Pauline lui montrait comment on tient une aiguille, comment on l'enfile et comment on fait un ourlet et un surjet. La mère préparait l'ouvrage et donnait un avis par-ci par-là ; et M. Terrasson lui-même contribuait à l'éducation de Miette en lui faisant des exemples d'écriture.

Carilès était très-content. Il n'avait pas vu d'abord tout le bien qui devait résulter pour Miette et pour lui-même des offres généreuses de Mme Terrasson. Il avait accepté, parce que cela ferait plaisir à Miette et qu'au moins on ne lui parlerait plus d'envoyer la petite fille à l'école ; mais au fond il ne voyait pas la nécessité de savoir lire ; et quant à la couture, comme il avait toujours vu coudre toutes les femmes, il n'était pas très-éloigné de croire que cette science leur venait tout naturellement. Mais lorsque Miette lui apporta sa première page d'écriture, ou du moins la première qui fût digne d'être vue, il en fut dans l'admiration, et eut comme une révélation subite de la grandeur et de la dignité de la science. La page fut montrée à la Robert et fit le tour de la halle, et même la Robert l'emporta pour la faire voir au maître d'école de Couëron.

Comme il était heureux, le bon Carilès, le soir, quand il travaillait à ses moulins, avec Miette assise auprès de lui, qui lui racontait tout ce qu'elle avait appris dans la journée! Elle savait plusieurs fables par cœur, et Carilès ne se lassait jamais de les lui entendre dire ; elle apportait à la maison son livre de lecture et lisait tout haut, en suivant du doigt chaque ligne; et Carilès appelait Perrotte pour la voir et l'écouter. « C'est bien beau, les histoires de ce livre-là! » disait-il à la vieille femme. Il en dit autant de tous les livres que lui lut Miette. Tout était nouveau pour lui, car il avait passé dans la vie sans chercher à se rendre compte de rien et il était aussi ravi d'apprendre comment on fait une chandelle ou une épingle que d'entendre *Le Petit Poucet* ou *Le Chat botté*.

Il ne distinguait pas toujours le conte de l'histoire, et Miette était obligée de lui dire : « Père Carilès, c'est pour rire, ça; ce n'est pas arrivé. » C'était Miette qui lui faisait son éducation maintenant.

Mme Terrasson poursuivait son but sans se lasser. Elle voulait faire de l'enfant, quand elle serait grande, une Providence pour les vieux jours de celui qui l'avait si généreusement recueillie. Elle chercha donc à la rendre habile et adroite de ses mains, et elle s'occupa en même temps de faire gagner à Carilès assez d'argent pour atteindre le temps où Miette pourrait en gagner à son tour.

Elle se mit en rapport avec la Robert, et par elle Carilès devint le fournisseur de moulins, non-seulement de Couëron, mais encore de tous les environs. Il les vendait par douzaines aux épiciers des bourgs et des villages, et c'était à peine s'il pouvait suffire à la consommation.

Il n'y a pas de petits profits ; avec le produit de la vente de ses moulins, Carilès venait à bout de payer son loyer et sa nourriture ainsi que celle de Miette. Chaque soir il remettait son gain à Perrotte, qui le plaçait dans un certain tiroir, où elle prenait ce qu'il fallait pour la dépense du jour ; heureusement que Perrotte était une honnête femme et qu'elle ménageait l'argent de Carilès comme elle eût fait le sien. Les vêtements de Miette ne coûtaient presque rien. Mme Terrasson lui donnait souvent ceux qui ne pouvaient plus servir à Pauline, et elle avait su intéresser à l'enfant quelques personnes compatissantes, mères de petites filles dont les vêtements devenaient trop petits.

Pour la toilette de Carilès, sa seule dépense consistait en une paire de souliers par an : quels souliers ! on s'étonnait, quand on voyait les neufs à côté des vieux, que ce ne fussent pas plutôt les pieds qui eussent fini par s'user.

Ces chaussures monumentales ne sortaient pas, on peut le croire, de chez les cordonniers en renom qui fournissent des bottines vernies aux élégants et des souliers de satin aux dames. Carilès les commandait un mois d'avance à un vieux savetier qui travaillait, de temps immémorial, dans une échoppe adossée à la Halle au Blé. Le bonhomme ne faisait plus guère de souliers neufs ; il gagnait sa vie à remettre des pièces

aux œuvres d'autrui. Cela lui fournissait de nombreuses
occasions de critiquer l'art moderne, qui, selon lui, ne
produisait rien de solide (en fait de chaussure, bien
entendu). Carilès était une des rares pratiques qui lui
restaient; il le soignait particulièrement, le tenant pour
un connaisseur, et mettait plusieurs semaines à lui par-
faire ses fameux souliers.

Quant à la lévite, elle devait être l'ouvrage d'un
tailleur digne de faire pendant au cordonnier; les années
n'avaient nul pouvoir sur elle; elle n'avait depuis longtemps rien à perdre, mais Carilès n'était pas coquet.

Miette fut émerveillée.

CHAPITRE XX

La robe neuve.

Ils étaient donc heureux, et Miette grandissait en âge et en science. A douze ans, non-seulement elle savait lire et écrire, mais elle tricotait et cousait très-bien, et se montrait d'une adresse et d'un goût remarquables pour tous les petits ouvrages que lui enseignait Mme Terrasson. Carilès était fou de *sa fille*, et il se creusait la tête nuit et jour à chercher ce qui pourrait lui faire plaisir. Il finit par trouver une idée lumineuse. Une robe neuve ! Quelle joie ce serait pour Miette, qui n'avait jamais porté que les vieilles robes qu'on lui donnait ! Oui, oui, il lui fallait une belle robe

et un joli bonnet, avec des rubans roses. Serait-elle
gentille ! Tous les passants l'envieraient au vieux Carilès. Mais une robe neuve, cela devait coûter beaucoup d'argent ? Comment faire pour le savoir d'abord,
et puis pour se procurer l'argent ? Carilès se serait
bien gardé de prendre des informations auprès de
Perrotte ; il savait que celle-ci eût haussé les épaules
en répondant : « Une robe neuve ? Est-ce que les
siennes ne sont pas assez bonnes ? Une fille qui n'a
pas le sou ne doit pas être glorieuse dans sa toilette ;
ça ne peut que la porter à mal faire. » Carilès n'admettait pas que quelque chose pût porter Miette à mal
faire.

Mme Terrasson lui semblait plus juste que Perrotte,
mais comment lui parler d'une robe neuve, à elle qui
en donnait de vieilles ! Carilès n'osait pas, il attendait
une occasion favorable. Le plus pressé c'était d'avoir
l'argent. Le bonhomme devint rusé comme un avare,
et trouva moyen de dissimuler chaque soir à Perrotte
quelques sous qu'il nouait dans un vieux mouchoir à
carreaux caché tout au fond de la commode. Mais il
avait toujours peur d'entendre la vieille femme dire
d'une voix soupçonneuse : « Il n'y a que cela ? » en
recevant le gain du jour. Et puis, son trésor ne grossissait pas assez vite. Comment faire donc ?

Il y avait des quartiers où il n'était jamais allé, des
faubourgs qui faisaient à peine partie de la ville ; c'é-
tait bien loin, et ses vieilles jambes seraient certainement un peu moulues le soir ; mais qu'importe, s'il

pouvait, au prix d'un peu de fatigue, gagner plus vite
la robe de Miette ? Carilès essaya ; et le soir, quand il
se laissait tomber sur une chaise en rentrant, et que
Miette lui disait : « Père, vous êtes bien las, ce soir ? »
elle ne savait pas combien il avait fait de chemin dans
la journée, ni pour qui il s'était fatigué ainsi. Elle ne
savait pas non plus que, dès qu'elle était endormie, le
vieillard rallumait sa chandelle et se remettait à l'ouvrage, afin d'avoir plus de moulins à vendre le lendemain. Comme il était loin, le vieux Carilès, du temps
où il se livrait au plaisir de ne rien faire dès qu'il avait
de quoi vivre pour deux jours !

Le trésor grossissait, et Carilès se sentant près du
but, recommençait à se creuser la tête pour trouver un
prétexte de robe neuve à présenter à Mme Terrasson,
lorsque la Robert, un beau jour de mai, vint lui
apporter ce prétexte. Elle mariait sa nièce et venait
inviter à la noce Carilès et Miette.

Le bonhomme ne se sentait pas de joie. Une noce !
quelle occasion de robe neuve ! Il remercia la Robert et
courut à la Ville-aux-Roses.

Mme Terrasson fut touchée de la demande du vieillard ; elle calcula le prix des différents objets et promit
d'avoir, pour la somme amassée par Carilès, non-seulement une robe, mais une toilette complète. Elle sut
si bien s'y prendre, que le lendemain, lorsque Miette
et son père adoptif arrivèrent chez elle, elle put mettre
entre les mains du bonhomme un carton qu'elle le pria
d'ouvrir lui-même. Il obéit, en riant d'avance du

plaisir qu'il allait causer à Miette, et Miette émerveillée vit sortir du carton une jolie percale rayée de rose et de blanc, un joli bonnet blanc orné d'un nœud rose, des bas blancs et des souliers neufs. Elle ne comprit pas, tout d'abord ; puis, quand elle fut bien sûre que tout cela était pour elle et qu'elle irait à la noce dans ces beaux habits, elle devint comme folle de joie. Elle rit, elle pleura, elle dansa, elle embrassa la percale et les rubans roses, et finalement elle sauta au cou de Carilès, qui s'était reculé dans un coin pour faire de la place à sa joie, et qui la contemplait en riant avec une larme dans chaque œil.

Le bonhomme partit pour sa tournée. Mme Terrasson tailla la robe et la donna à coudre à Miette, qui jamais n'avait cousu si vite et si bien. La jeune femme ne lui fit pas compliment de son activité ; elle la regardait avec un peu d'inquiétude. Et elle avait raison.

Quoi qu'en pensât Carilès, Miette avait un défaut. Était-ce bien un défaut ? Il tenait à de si grandes qualités ! Miette aimait la toilette, c'était vrai ; elle se regardait volontiers dans une glace quand elle en trouvait une sur son chemin, et elle arrangeait toujours ses pauvres vêtements aussi coquettement que possible ; mais elle était si soigneuse, elle avait si vite et si bien compris les leçons d'ordre et de propreté de la mère Perrotte ! C'était elle maintenant qui faisait les lits, qui balayait, qui époussetait, qui frottait les meubles, et elle s'en tirait à merveille. Elle avait cela

dans le sang, comme l'avait dit Carilès le jour où elle
avait pour la première fois essayé de laver les vitres
dans son ancien logement. Son ancien logement ! lorsque Carilès y pensait, il éprouvait une sensation désagréable. Il ne pouvait croire qu'il eût vécu dans un
pareil taudis ; il se trouvait si heureux dans une chambre claire et propre, entre Miette et Perrotte, qu'il ne
lui semblait pas qu'il eût jamais pu vivre autrement.
Pour ce qui était de Miette, il trouvait tout simple
qu'elle se mirât, puisqu'elle voyait dans la glace une
jolie figure, et qu'elle prît soin de sa personne, puisqu'elle en prenait tant de leur petit ménage.

Ce que Carilès ignorait, c'est qu'un défaut, pour être
l'envers d'une qualité, n'en est pas moins un défaut.
Ordre, soin, propreté, sont des qualités ; mais gare à
la doublure de l'étoffe : elle est faite de coquetterie !
De même Carilès était bon, point égoïste ; on n'avait
jamais pu dire qu'il fût trop attaché à sa propriété ;
mais aussi quel prodigue insouciant il était resté
jusqu'au jour où Miette s'était échouée à sa porte,
pauvre petite barque désemparée !

Donc, Perrotte n'avait pas absolument tort, quand
elle hocha la tête d'un air soucieux en voyant sortir
Miette et Carilès de grand matin le jour de la noce,
pour aller prendre la voiture de Couëron. Miette était
rayonnante, et vraiment la toilette neuve lui seyait à
merveille. C'était l'avis de Carilès qui la contemplait
avec ravissement. Lui, il était toujours, comme di-
sent les Allemands, identique à lui-même ; mais Miette

18

ne pensait pas à le regarder : elle était bien assez occupée de sa propre personne.

Chemin faisant, elle essaya de se mirer dans les vitres de la vieille voiture, ce qui était vraiment bien inutile. D'abord, les susdites vitres, fort peu claires, ne pouvaient en aucune façon servir de miroir; et puis Miette s'était tant regardée avant de partir dans la glace de la cheminée, qu'elle devait certainement se savoir par cœur.

Le défilé de la noce.

CHAPITRE XXI

Où l'envers l'emporte sur l'endroit.

La voiture déposa Miette et Carilès sur la grande
route, à l'entrée du chemin qui conduisait à la ferme de
la Robert. Il y avait un petit quart de lieue à faire à
pied, et comme le chemin était très-fréquenté, les
voyageurs eurent à répondre à de nombreux bon-
jours — les paysans de ce côté-là sont polis et saluent
volontiers les étrangers. — Miette entendit plusieurs fois,
non sans rougir de plaisir, ces mots : « La jolie petite ! »
dits par des gens qui venaient de se croiser avec eux.
Elle entendit aussi deux ou trois fois cette remarque :
« Le drôle de bonhomme ! quelle tournure il a. Où

peut-il avoir pêché cette belle petite fille-là ? » Miette
rougit encore, mais ce fut de dépit. D'abord, on se
moquait de son cher père et elle en était vivement
blessée ; et puis..., et puis... Je ne sais comment cela
se fit, mais elle ne marcha plus auprès de Carilès et
fit le reste de la route en se tenant à quelques pas de
lui, sous prétexte de cueillir dans les haies des fleurs
dont elle ne se souciait guère, car elle les jetait à
mesure qu'elle les cueillait.

Elle reprit pourtant sa main pour entrer à la ferme.
Là, ils étaient sûrs d'être bien reçus ; on les connaissait, et personne ne s'aviserait de critiquer Carilès.
Personne de la ferme ne s'en avisa en effet ; mais quand
la noce, violon en tête, défila dans la grande rue de
Couëron, les gamins du pays, attroupés pour voir
passer la mariée, criblèrent de quolibets la casquette,
la lévite et la tournure du bonhomme. S'ils avaient
su que c'était là l'auteur des moulins qui faisaient
leurs délices depuis tant d'années ! mais ils ne le savaient pas, et Carilès porta la peine de sa mauvaise
mine.

Quand je dis qu'il la porta, ce n'est pas tout à fait
exact, car il ne s'aperçut nullement qu'on se moquait
de lui. L'idée ne pouvait pas lui venir qu'on le trou-
vât ridicule ; il était si habitué à sa personne ! Mais
Miette, qui se pavanait au bras d'un des jeunes cou-
sins de la mariée, devint rouge comme du feu et
détourna la tête pour ne pas voir les gestes railleurs
adressés à Carilès. Elle fut inquiète et troublée pendant

Carilès la regardait. (P. 143.)

toute la cérémonie ; elle aurait voulu n'être pas venue.
Et quand on sortit de l'église, elle s'arrangea de façon
à être un peu loin du bonhomme, pour qu'il n'eût pas
l'occasion de lui parler, et en avant de lui, afin de ne
pas le voir.

On revint à la ferme. Le dîner de noce n'était pas
encore prêt, et pour s'occuper en attendant le moment
de le manger, quelqu'un proposa de se mettre à la
danse. On alla dans la prairie fraîchement fauchée, et
la jeunesse commença à se réjouir, pendant que les
gens d'âge s'asseyaient sous un grand chêne, au pied
de la haie d'aubépine fleurie qui servait de clôture au
pré.

Il y avait bien longtemps que Miette n'avait dansé ;
et quand autrefois, dans sa toute petite enfance, elle
s'était livrée à cet exercice, ce n'était certes pas pour
son plaisir.

Mais il paraît que c'est naturel à la jeunesse de
danser, car elle eut vite fait de retrouver l'usage de
ses jambes, et nulle fille, grande ou petite, villageoise
ou citadine, ne se montra aussi légère et aussi vive
qu'elle. Elle riait en tournant dans la ronde, les
bras étendus, la tête fièrement relevée; quand venait le refrain, elle sautait plus haut que toutes les
autres, et quand elle était chargée de conduire la
ronde, et de passer sous les bras des danseurs, elle
courait si vite que la longue chaîne qui se déroulait
derrière elle avait peine à la suivre. Carilès la regardait
de dessous le chêne; il ne se sentait pas d'aise, et l'on

eût été fort mal venu à lui dire que Miette n'était pas
la plus jolie fille du monde.

Elle était bien jolie, en effet ; et, en dépit de ses
douze ans, elle était fort entourée. Les garçons de
Couëron, quoiqu'ils fussent, comme tous les villageois,
très-enclins à penser et à dire du mal des gens de la
ville, faisaient pourtant plus attention à Miette qu'à
n'importe quelle fille de fermier. Ils ne savaient pas
qu'elle fût une pauvre petite saltimbanque, recueillie
par la charité d'un vieux marchand de moulins en
papier ; c'était pour eux, si jeune qu'elle fût, une demoiselle de la ville, avec sa robe rose et son bonnet
à rubans ; et c'était à qui la ferait danser. De nouveaux
invités arrivaient à chaque instant, et, après quelques
rondes, on essaya des contredanses. Miette en apprit
bien vite les figures, et elle s'amusait de tout son
cœur, lorsque son danseur, un gros garçon à figure
joufflue, qui gardait son chapeau sur la tête, pour
faire voir à toute la compagnie qu'il était coiffé comme
un monsieur, lui dit tout à coup, en éclatant de rire :

« Ah ! ah ! regardez donc là-bas, la bonne figure !
A-t-il une redingote de propriétaire, ce vieux-là ! Et
cette casquette ! Je vais aller lui demander l'adresse de
son tailleur, pour me faire habiller comme ça le jour
de mes noces ! »

Miette avait regardé dans la direction indiquée ; elle
comprit bien vite que c'était encore de *lui* qu'on se
moquait, et elle détourna les yeux. La confusion lui
troubla l'esprit, hélas ! et aussi le cœur ; et lorsque son

danseur, qui riait toujours, lui demanda : « Est-ce que
vous le connaissez, mam'zelle, ce drôle de vieux-là ? »
ses lèvres s'ouvrirent pour laisser échapper un « non »
qui aurait brisé le cœur de Carilès, s'il avait eu le
malheur de l'entendre.

Pauvre Carilès ! Il était donc renié par l'ingrate
enfant qu'il avait sauvée de la mort, de la misère et de
la faim ! Lui, vieux, il avait travaillé pour la parer,
et ces beaux vêtements, qu'il avait conquis au prix de
son repos du jour et de son sommeil de la nuit, n'a-
vaient servi qu'à enseigner à Miette le mépris de son
bienfaiteur ! Heureusement qu'il ne le sut pas. Seulement il trouva la journée longue. Il essaya plusieurs
fois de s'approcher de Miette pour lui demander si
elle s'amusait, si elle était contente, si elle n'avait pas
trop chaud, si elle n'était pas fatiguée ; il n'y réussit
pas : on eût dit que Miette l'évitait.

Elle l'évitait, en effet, partagée entre le remords et
la mauvaise honte ; elle rougissait de lui et d'elle-
même, et trouvait bien lourd le poids qu'elle avait sur
le cœur. Elle fut triste et silencieuse tout le reste du
jour ; elle dîna, elle dansa, mais sans entrain, et la
Robert, qui avait l'œil à tout, se disait, tout en surveillant ses rôtis et en mettant en perce dans un coin
de la salle une nouvelle pièce de vin blanc : « La petite
ne rit plus, elle qui était si gaie ce matin ; il faut croire
qu'elle est bien fatiguée. »

Miette eut encore un mauvais moment à passer le
soir, lorsque Carilès l'appela pour aller rejoindre au

19

bout du chemin de traverse la voiture qui retournait à
Nantes, et elle aurait voulu se cacher sous terre pour
fuir le regard étonné du garçon à qui elle avait affirmé
le matin qu'elle ne connaissait pas ce vieux-là. Elle
prit la main du bonhomme, écourta les adieux et s'en
alla le plus vite qu'elle put.

Elle resta silencieuse dans le chemin, silencieuse
dans la voiture, et Carilès put à son aise se livrer à un
long monologue sur la campagne, qui est si jolie au
mois de mai, sur la noce, qui était une si belle noce,
sur la Robert, son frère, ses neveux et sa nièce, qui
étaient tous de si braves gens, et sur Miette elle-même,
qui était, au dire de Carilès, la plus gentille des dan-
seuses de la noce, comme elle en était certainement la
meilleure et la plus aimable. A cet éloge si peu mé-
rité, le remords l'emportait dans le cœur de la fillette,
et elle était sur le point de se jeter dans les bras de
son vieux père et de lui demander pardon. Mais il
ajoutait : « C'est moi qui étais heureux d'entendre dire :
La jolie petite fille ! à qui est donc cette enfant-là ? Je
m'approchais en ôtant poliment ma casquette, et je
disais : Monsieur ou madame, c'est moi qui suis son
père, c'est-à-dire pas tout à fait, mais c'est tout comme.
Et je racontais comment tu étais devenue ma petite
fille. » Alors Miette, honteuse à la fois de l'extérieur de
Carilès et de son mensonge inutile, se renfonçait dans
un coin de la voiture et ne disait mot.

Ils arrivèrent ainsi à leur logis. Perrotte était couchée. Carilès, quand il eut allumé sa chandelle, se

pencha pour baiser Miette au front, comme il le faisait tous les soirs, et il fut frappé de l'altération de son
visage.

« Qu'as-tu donc? lui dit-il, je te trouve un air tout
drôle. »

Il se sentait déjà le cœur serré à la pensée qu'elle
pouvait s'être trop fatiguée et en tomber malade; mais
elle répondit :

« C'est que... je ne sais comment dire ça... Est-ce
que vous ne pourriez pas avoir d'autres habits quand
nous allons ensemble à une noce? »

Carilès comprit. Il resta immobile comme s'il était
foudroyé. Miette le regarda ; il la regardait aussi, et
son visage avait une telle expression que l'enfant n'osa
ni ajouter un mot ni rester auprès de lui. Elle recula,
tremblante, jusqu'à sa petite chambre.

Dès qu'elle y fut entrée, le pauvre Carilès alla en
fermer la porte et revint ensuite en chancelant jusqu'à la pierre du foyer, où il s'assit en fondant en
larmes.

Elle se jeta dans es bras de madame Terrasson.

CHAPITRE XXII

Chagrin et remords.

Pauvre Carilès! il y avait si longtemps qu'il ne savait plus ce que c'était, et pourtant
il pleura comme s'il n'avait fait que
cela toute sa vie. « L'ingrate, mur-
murait-il en étouffant ses sanglots
dans un pauvre mouchoir à carreaux rouges qui avait, lui aussi,
excité la gaieté de la jeunesse de
Couëron, l'ingrate! Moi qui étais
si heureux de la faire belle! et je n'ai travaillé que
pour lui donner un mauvais cœur! Elle a rougi de

moi ! elle a eu honte de se trouver avec moi ! » Et
Carilès, qui n'en avait jamais voulu à personne, se
sentait l'âme pleine de rancune contre Miette. Puis,
comme il l'aimait trop au fond pour ne pas lui pardonner, il lui cherchait des excuses et se trouvait des
torts à lui-même.

« Elle est si jeune ! une enfant ! Est-ce qu'elle sait
ce qu'elle fait et ce qu'elle dit ? C'est la première fois

qu'elle me fait du chagrin depuis
cinq ans passés que nous sommes
ensemble, et il y a tant de parents
qui ont à se plaindre de leurs enfants tous les jours de l'année !
Elle aura entendu quelques gens
malhonnêtes rire de moi, et cela
lui aura fait de la peine ; elle était
si jolie ! une vraie réjouissance pour
les yeux ! J'aurais dû penser à cela et ne pas aller
là-bas ; la Robert me l'aurait bien soignée, certainement, et le vieux bonhomme ne lui aurait pas gâté
son plaisir. J'ai bien vu qu'elle était toute triste à la
fin du jour, ma pauvre Miette ! Si je pouvais devenir
un peu plus élégant... mais je ne sais pas comment on
s'y prend, et puis, je n'ai plus d'argent pour m'a-
cheter des vêtements... Pourvu qu'elle veuille bien
m'aimer tel que je suis ! »

Pendant que Carilès se lamentait, assis sur la pierre
du foyer, où il finit par s'endormir, Miette, dans sa
petite chambre, était-elle plus heureuse que lui ? On

peut croire que non. Elle s'était déshabillée et couchée
sans trop savoir ce qu'elle faisait, et elle avait essayé
de s'endormir ; mais le sommeil n'était pas venu. Elle
voyait toujours le regard de Carilès, plein de reproche
et de douleur, et le remords faisait son chemin dans ce
petit cœur un instant troublé par la vanité. A travers
la cloison, elle saisit un gémissement échappé à Carilès.
et ce gémissement la bouleversa. Elle était désespérée
à l'idée qu'il était fâché contre elle, à l'idée qu'il pleurait, et qu'il pleurait par la faute de sa petite Miette.
Elle se sentit si désolée et si coupable que, n'osant pas
aller implorer son pardon, elle cacha sa figure sous son
drap, et se mit à sangloter tout bas. Il était si bon ! elle
lui devait tant ! Tous les détails de son adoption lui revenaient à la mémoire pour la navrer de douleur et de
repentir. Était-ce bien elle qui venait de se montrer
si méchante ? Et lui, comme il devait être en colère !
Fallait-il qu'il fût bon pour se faire du chagrin à propos de Miette, au lieu de la chasser et de la maudire
comme une ingrate qu'elle était. A ce mot, qu'elle
s'appliquait, l'enfant protestait de toute la force de son
repentir. « Oh ! non ! père Carilès ! Je ne suis pas une
ingrate ! Je vous aime tant, père Carilès ! Jamais je ne
serai plus méchante, je vous le promets ! Pardon, père
Carilès ! n'ayez pas de chagrin, je vous en supplie ; cela
me fend le cœur ! »

C'est ainsi qu'elle s'écriait en sanglotant sous sa couverture. Elle sentait un désir passionné de se lever, de
courir se jeter aux pieds de Carilès ; mais elle n'osait

pas. Il ne pourra pas me pardonner, pensait-elle; il ne me pardonnera jamais ! Et elle restait dans son lit.

Quand elle se réveilla le lendemain, après un court sommeil hanté par de mauvais rêves, la mémoire lui revint ; et elle se leva, toute lasse et se demandant avec inquiétude comment Carilès allait la regarder ce matin-là. Elle s'habilla sans bruit et entr'ouvrit doucement la porte de sa chambrette... Carilès dormait encore sur la pierre du foyer ; il était bien pâle. Elle s'avança tout près de lui et resta immobile à le regarder. Au bout d'un instant il ouvrit les yeux et vit Miette. Elle avait l'air si triste et si fatiguée, qu'il ne se sentit pas le courage de lui adresser des reproches.

« Tiens ! dit-il, en se levant et en étirant ses longs bras et ses longues jambes, j'étais si las hier soir, que je me suis endormi là ; j'en suis tout moulu. Tu vas bien, petite ? »

Et il la baisa au front, comme à l'ordinaire, avec un peu d'hésitation pourtant, car il se demandait si cela ne contrariait pas Miette. Elle ne comprit pas le motif de son hésitation et crut qu'elle était due au ressentiment ; aussi baissa-t-elle tristement la tête et n'osa-t-elle pas parler de sa faute et en implorer le pardon.

« Dépêchons-nous de déjeuner et de faire le ménage, lui dit-il, et puis je te mènerai à la Ville-aux-Roses ; tu seras contente de raconter ta journée d'hier à Mme Terrasson et à Mlle Pauline. »

Miette soupira et se hâta de faire son ouvrage. En

déjeunant, la mère Perrotte remarqua qu'elle avait mauvaise mine.

« Ça ne vaut rien à la jeunesse de trop s'amuser, dit-elle ; la petite a dansé plus qu'elle n'avait de force, et ce matin elle n'en peut plus ; il ne faudrait pas qu'elle eût souvent des journées comme celle-là. »

Miette était bien de son avis, mais ce n'était pas à cause de la danse.

Dans la rue, elle marcha languissamment près de Carilès, qui ne lui parlait pas, et s'écartait d'elle autant qu'il pouvait. Il avait l'air très-triste, et la petite croyait qu'il s'écartait d'elle parce qu'il ne l'aimait plus, tandis que le pauvre homme faisait cela pour qu'elle n'eût pas à rougir de lui. Ce qui causait sa tristesse, c'était cette pensée : Elle a honte de moi ! elle voudrait bien ne pas être avec moi !

Ils arrivèrent ainsi chez Mme Terrasson, où Miette se mit silencieusement au travail, pendant que Carilès continuait tristement sa tournée de vente. Par habitude, il lançait encore de temps à autre les notes aiguës de son flageolet ; mais il ne se sentait pas le cœur de chanter, et ni le boulevard, ni la Fosse, ni la place de la Bourse, où il comptait pourtant de nombreux chalands, n'entendirent ce jour-là son refrain :

> Pleurez, pleurez, petits enfants,
> Vous aurez des moulins à vent !

Cependant Miette cousait. Mme Terrasson et Pauline la regardaient et s'étonnaient de la trouver si taciturne

20

au lendemain d'un jour de fête. Il me semble qu'elle
devrait bavarder comme une petite pie, se disait Pauline ; j'attendais des récits à n'en plus finir : qu'a-t-elle
donc ? Au bout d'un quart d'heure passé à se demander :
Qu'a-t-elle donc ? Pauline, qui était curieuse, n'y tint
plus, et se résolut à le lui demander à elle-même.

« Voyons, Miette, lui dit-elle, parle donc un peu.
Est-ce que tu as laissé ta langue à la noce ? As-tu
bien dansé ? Le dîner était-il beau ? La campagne est-
elle jolie du côté de Couëron ? La mariée était-elle bien
habillée ? »

Miette releva la tête et fit un effort pour répondre.
Elle ne put pas ; et sentant les larmes qui lui mon-
taient aux yeux, elle lança loin d'elle son ouvrage
et se jeta avec impétuosité dans les bras de Mme Terrasson, en pleurant, sanglotant et criant de désespoir.

La mère de famille la laissa faire, et attendit, en lui
caressant le front de sa douce main et en l'entourant
d'un bras affectueux, que cette explosion de douleur fût
passée.

« Voyons, mon enfant, qu'y a-t-il ? dit-elle enfin en
écartant de sa poitrine le visage de Miette. Il faut me le
dire, pour que je puisse te consoler.

— Jamais je ne me consolerai ! s'écria la petite
fille en pleurant toujours ; jamais je ne me pardon-
nerai ! et le père Carilès non plus ne me pardonnera
jamais ! J'ai été trop méchante, et si vous saviez ce que
j'ai fait, vous me diriez bien vite : Va-t'en, petite misérable !

— Je le dirais peut-être, reprit sérieusement Mme Terrasson, à une méchante enfant qui n'aurait pas de repentir d'une faute même petite ; mais je ne le dirai pas
à celle qui pleure et qui s'accuse elle-même ; je la
consolerai et je l'aiderai à réparer le mal qu'elle a fait,
si grand qu'il soit. Allons, ma pauvre Miette, dis-moi
tout, pendant que Pauline va aller chercher ses frères
qui jouent près d'ici. »

Un signe adressé à Pauline lui recommanda de rester
longtemps absente ; elle comprit et sortit.

Alors Miette déchargea son pauvre cœur. Mme Terrasson l'encouragea dans ses aveux. Elle ne chercha
point à lui diminuer la grandeur de sa faute ; au contraire, elle lui rappela tous les bienfaits de Carilès,
sa bonté, sa tendresse, qui rendaient plus frappante
l'ingratitude de l'enfant, et quand elle la vit à la fois
moins exaltée et plus pénétrée par le repentir, elle
ajouta :

« A présent, il faut penser à l'avenir. Le mal qui est
fait ne peut être effacé ; mais tu peux le réparer, en
partie du moins, et c'est à cela qu'il faut t'appliquer.
Carilès sait-il tout ce que tu viens de me dire ?

— Pas tout ; il ne sait pas que j'ai répondu :
« non » quand on m'a demandé si je le connaissais.
Oh ! je vais le lui dire moi-même, en lui demandant
pardon.

— Tu ne vas pas le lui dire du tout, interrompit
Mme Terrasson en posant sa main sur le bras de Miette.

Oh ! je sais bien que ce serait une satisfaction pour toi de t'humilier devant lui, de t'accuser, de pleurer dans ses bras et d'obtenir ta grâce à force de caresses ; mais ce n'est pas là ce qu'il faut faire. Si Carilès savait que tu l'as renié, pense donc au chagrin qu'il aurait ! Il ne faut pas qu'il l'apprenne jamais ; jamais, entends-tu ? Je sais que ce secret te pèsera ; n'importe : ce sera ta punition, et cela t'empêchera de retomber dans la même faute ; tu n'en sentiras que mieux combien tu as d'efforts à faire pour mériter ton pardon. Et, si tu le veux, tu finiras par faire oublier au père Carilès le chagrin que tu lui as causé, et alors tu pourras te pardonner à toi-même. Calme-toi maintenant et remets-toi au travail ; je compte que tu vas prendre de bonnes résolutions. »

Miette obéit, et lorsque Carilès revint la chercher, elle était calme et résolue à tout pour expier sa faute ; Carilès aurait mis sa lévite à l'envers qu'elle n'aurait pas hésité à lui donner la main.

Quand il frappa aux vitres de la petite maison, en appelant Miette, ce fut Mme Terrasson qui se leva. Elle alla ouvrir la porte et fit signe au bonhomme d'entrer.

« Père Carilès, dit–elle en lui présentant Miette, voici une petite fille bien malheureuse par sa faute. Elle a grand regret de ce qu'elle vous a dit hier, et elle vous supplie de lui permettre d'espérer que vous pourrez lui pardonner, pas aujourd'hui, mais plus tard, quand elle aura gagné son pardon. »

Carilès ne demandait qu'à pardonner tout de suite. Il attira Miette dans ses bras.

« Je croyais que tu ne m'aimais plus, lui dit-il d'une voix tremblante. »

.   .   .   .

« A demain ! Miette ! » cria Mme Terrasson, quand l'enfant s'éloigna en pressant tendrement dans ses deux mains la main du vieux Carilès.

Miette s'empara bien vite d'une poupée.

CHAPITRE XXIII

Où madame Terrasson fait sortir le bien du mal.

Le lendemain, quand Miette arriva dans la petite maison de la Ville-aux-Roses, elle fut tout étonnée de voir la table couverte de petits morceaux d'étoffes de toutes les couleurs. Dans une boîte ouverte étaient des petites poupées de bois, dont les jambes et les bras articulés pouvaient prendre diverses attitudes.

« Voilà de l'ouvrage pour toi, Miette, lui dit Mme Terrasson. Jusqu'à présent tu as tout reçu de ton père adoptif ; il est temps que tu commences à lui rendre un peu de ce qu'il a fait pour toi. Tu as remarqué l'autre jour que ses vêtements étaient laids ; tu aurais bien pu re-

marquer aussi qu'ils sont usés et minces, et qu'ils
ne le réchauffent guère. Il faut que d'ici l'hiver,
tu aies gagné une bonne lévite chaude pour le père
Carilès.

— Oh ! que je serais heureuse ! s'écria Miette. Mais
comment faire ?

— Tu vas habiller ces petites poupées ; je te montre-
rai à leur faire des robes, ce n'est pas difficile. Les
poupées coûtent dix sous la douzaine ; les étoffes ne
coûtent rien, ce sont des morceaux de robes qui ne
servent plus ; j'en ai demandé à plusieurs personnes,
et l'on m'en donnera d'autres, de sorte que je pourrai
t'en fournir longtemps. J'ai trouvé une marchande qui
te les achètera deux et trois sous la pièce, selon la
beauté de leur toilette. Tu pourras gagner environ vingt
sous par jour. »

Miette ne se sentait pas de joie. Elle s'empara bien
vite d'une poupée et d'un morceau de percaline bleue.
La toilette ne fut pas longue à faire : comme ces dames
n'étaient pas destinées à être déshabillées, avec quelques points et un peu de colle on leur fabriquait un
costume complet. Des bouts de faveurs fournissaient de
belles ceintures et des coiffures élégantes ; selon les
étoffes dont on disposait, on produisait en quelques
minutes une cuisinière, une petite fille qui allait à l'école
ou une dame en toilette de visite ou de bal. Les douze
poupées furent bientôt prêtes, et Mme Terrasson conduisit Miette chez la marchande, qui trouva l'ouvrage bien
fait et commanda à la petite ouvrière autant de poupées

qu'elle pourrait lui en fournir. Miette se voyait déjà
habillant Carilès du fruit de son travail.

Cela ne devait pas arriver de sitôt ; mais, certes, il
était heureux que Mme Terrasson eût trouvé pour Miette
un moyen de gagner de l'argent. Carilès avait-il pris
froid au retour de la noce, ou bien pendant la nuit qu'il
avait passée à pleurer sur l'ingratitude de Miette ? On
ne le sut jamais. Ce qui est certain, c'est que la petite
fille, après avoir vainement attendu ce soir-là que Carilès vînt la chercher à la Ville-aux-Roses, dut s'en
aller seule au logis. Carilès s'était trouvé dans la journée si souffrant et si appesanti, qu'il était rentré et
s'était mis au lit pour se reposer un peu en attendant
l'heure d'aller chercher Miette. L'heure d'aller chercher Miette était venue, et Carilès ne l'avait pas entendue sonner ; et l'eût-il entendue, qu'il aurait été
incapable de quitter le lit où le clouaient la fièvre et le
délire. Quand Miette revint, il ne la reconnut pas. La
pauvre enfant, effrayée, appela la mère Perrotte. Celle-
ci n'avait pas entendu rentrer Carilès. Elle le secoua,
lui fit boire un peu de tisane, et, jugeant qu'il était
très-malade, elle envoya Miette chercher un médecin.

Carilès avait une fluxion de poitrine, et pendant
bien des jours on désespéra de sa vie. Miette, qui se
reprochait d'être la cause de son mal, se montra la
garde-malade la plus attentive et la plus tendre qu'on
pût voir. Elle dormait par terre, sur son matelas qu'elle
avait apporté près du lit de Carilès, et celui-ci ne faisait
pas un mouvement, ne poussait pas une plainte, que la

21

petite fille ne se dressât debout à l'instant, prête à le
recouvrir, à lui arranger son oreiller, à lui donner à
boire ; tout cela avec des caresses et de tendres paroles
qui durent ne lui laisser aucun doute sur le repentir et
l'affection de l'orpheline. Aussi était-il presque heureux d'être malade. Il avait seulement peur que l'enfant
ne se fatiguât et qu'elle ne manquât de quelque chose.
« Mère Perrotte, disait-il à la voisine, donnez-lui à
manger, je vous en prie ; je vous rendrai cela dès que
je pourrai travailler. » Perrotte le rassurait et lui affir-
mait qu'elle avait encore de l'argent à lui.

De l'argent à lui, peut-être ; mais ce n'était plus de
l'argent gagné par lui. Celui-là était dépensé depuis
longtemps le jour où Carilès convalescent put, appuyé
sur l'épaule de Miette, marcher jusqu'à la chambre de
Perrotte pour y manger un dîner de réjouissance. Ce
dîner, qui donc l'avait payé, ainsi que les tisanes et les
potions ? C'était Miette ! Mme Terrasson lui avait apporté
poupées et étoffes, et tout en veillant le malade, la
petite infirmière avait travaillé de tout son cœur. Perrotte, mise dans la confidence, avait déclaré que «cette
dame-là avait décidément de bonnes idées ». La Robert
était venue voir le malade, et Miette l'avait priée de
lui mettre à part, quand elle plumerait ses volailles, de
jolies petites plumes qui pourraient coiffer ses poupées. La Robert n'y avait pas manqué, et ce nouvel
ornement avait augmenté la valeur des créations de
Miette.

Ce fut avec une joie bien grande qu'elle raconta

Il la regardait travailler. (P. 165.)

ces choses à Carilès et qu'elle ajouta en l'embras-
sant :

« Tu vois bien, père, que tu peux te reposer à présent : je suis assez grande pour travailler pour nous
deux. »

Carilès n'était pas de cet avis-là ; mais il fut heureux
de penser que la petite pourrait se tirer d'affaire s'il
s'en allait de ce monde, comme cela avait failli lui
arriver. Cette maladie lui avait enlevé le reste de son
insouciance, et il s'inquiétait de l'avenir de Miette.
Il passa les jours de la convalescence à la regarder
travailler et à s'émerveiller de son adresse ; puis,
comme les forces lui revenaient et qu'il commençait à
s'ennuyer, il inventa de fabriquer avec du carton des
lits pour les poupées, puis des chaises, puis des tables.
Cela réussit très-bien ; la Robert en emporta à Couëron
à la grande joie des petites campagnardes, ravies d'a-
voir des poupées comme les demoiselles de la ville ; et
ces mobiliers en miniature se vendirent plus facilement,
sinon aussi cher, que s'ils eussent été en bois de rose.
Et quand le vieux Carilès, bien guéri, reprit la vente
de ses moulins, accompagné de Miette, tous deux
avaient le cœur léger et la conscience paisible : Carilès était rassuré sur l'avenir, et Miette se sentait
pardonnée, car elle commençait à se pardonner à elle-
même.

Les années passèrent ainsi. Miette grandissait et
devenait bonne et dévouée. Un remords est quelquefois
un aiguillon pour l'âme ; il lui rappelle qu'elle a pu

faillir et qu'il faut qu'elle prenne garde si elle ne veut
faillir encore. Une faute à réparer, un devoir à accomplir, concentrent toutes les forces du cœur vers un seul
but, et les empêchent de s'éparpiller en rêveries inutiles. Miette, qui cessait d'être une petite fille, était
parfois saisie de tristesse en pensant à son isolement et
à ses pauvres parents, dont elle ne connaissait pas
même la tombe. Mme Terrasson vint à son secours;
elle comprit que, pour tourner au bien cette petite
àme, il fallait lui donner une tâche à remplir, un devoir
auquel elle pût rattacher toutes ses actions, et elle se
servit pour cela du souvenir de sa faute. Pour empêcher Miette de se consumer en regrets stériles, en
comparant son sort à celui des enfants plus heureux
qui s'endormaient chaque soir couvés par la tendresse
d'une mère, elle lui persuada que Carilès avait grand
besoin d'être aimé et soigné, qu'il devenait vieux, et
que c'était à Miette de s'occuper de lui et de l'entourer
de gâteries et d'affection. Rien ne flatte plus un être
faible que l'idée de protéger quelqu'un; la petite tête
de Miette s'exalta; elle se vit tout de suite grande
fille, servant son vieux Carilès, le soignant comme un
enfant, travaillant pour lui et lui rendant tout ce qu'il
avait fait pour elle; et rien ne lui coûta pour en arriver
là. Elle était bien récompensée de sa peine par les
éloges et la joie de Carilès et même de Perrotte lorsqu'elle leur servait une soupe faite par elle, et si bien
faite!

« La cuisinière de l'évêque n'en faisait sûrement

pas de meilleure », disait Perrotte, tout à fait réconci-
liée avec l'éducation que recevait Miette, depuis que
la fillette lui blanchissait ses bonnets, lui raccommodait
ses bas et lui savonnait son linge.

C'était la bonne Mme Terrasson qui lui avait appris
tout cela, ainsi qu'à lire, à écrire, à compter, et à ne
jamais s'ennuyer, science plus rare et au moins aussi
précieuse que bien d'autres.

On ne sera donc pas étonné d'apprendre que lorsque
la vieille Perrotte vint à mourir, après avoir été soignée tendrement jusqu'à sa dernière heure par Miette,
qui avait alors quinze ans, elle lui légua, en toute propriété, sa moitié d'étage, y compris les meubles et les
hardes qui s'y trouvaient.

Certes, Carilès, en ramassant dans la rue l'enfant
des saltimbanques, ne s'était pas attendu à la voir un
jour propriétaire.

Le notaire était un homme solennel.

CHAPITRE XXIV

Tuteur et propriétaire.

Carilès et Miette revenaient ensemble de chez le notaire qui venait de régler la succession de Perrotte. Carilès avait été tout naturellement déclaré tuteur de la jeune fille, et il avait écouté avec ébahissement le discours que le notaire lui avait adressé sur ses nouveaux devoirs. Le notaire était, comme cela se voit parfois, un homme solennel ; et Carilès ne comprenait absolument rien aux gens solennels. Comment, ce monsieur à la figure si imposante, qui vivait dans une grande chambre sombre remplie de gros livres et de boîtes en carton vert, lui avait recommandé « de pren-

22

dre soin du bien de Miette, d'en employer le revenu
avec discernement et de ne pas toucher au capital ! »
Qu'est-ce que tous ces mots-là voulaient dire ? S'il
ne s'agissait que de servir de père à Miette, il y avait
longtemps qu'il le faisait sans qu'on lui en eût parlé ;
si le notaire avait voulu dire qu'il fallait ménager
l'argent de Miette et ne pas le lui voler, c'étaient bien
des paroles inutiles : car qui pouvait avoir l'idée que
le père Carilès eût envie de voler sa chère petite fille ?
D'ailleurs il ne touchait jamais à l'argent une fois qu'il
l'avait mis dans le tiroir où Perrotte prenait de quoi
tenir le ménage. Ce monsieur-là avait dû vouloir dire
autre chose, avec son air grave et ses lunettes bleues ;
mais il aurait bien dû s'exprimer comme tout le monde,
puisqu'il parlait à de simples gens qui n'étaient point
notaires.

Arrivé à cet endroit de ses réflexions, Carilès se dit
tout à coup que Miette, qui était certainement bien plus
fine que lui et qui lui avait déjà appris tant de choses,
pourrait peut-être lui expliquer ce qui l'embarrassait.
Il se tourna donc vers elle, et, s'arrêtant tout court
dans la rue :

« Miette, lui dit-il, as-tu compris, toi, ce que je dois
faire ? Ce serait bien heureux, car tu me le répéterais
avec des paroles à toi, et je comprendrais alors; au lieu
que je n'entends rien du tout au langage de notaire. »

Miette sourit.

« Vous n'avez rien à faire de plus que ce que vous
avez toujours fait, cher père. Pour les comptes du mé=

nage, je m'en chargerai ; il y a longtemps que j'y
aidais la mère Perrotte, et je m'y connais très-bien.

— Alors, qu'est-ce que nous allons faire ? Il me vient
une idée : si tu prenais pour toi la chambre de Perrotte,
qui est grande et claire, au lieu de ton petit cabinet ?
Tu y serais bien mieux à ton aise.

— Oui, mais cela ne nous rapporterait pas d'argent.

— Pas d'argent !..... Au fait, tu as raison ; cela se
loue, les chambres... ; je n'y pensais pas. Et l'autre
chambre d'à côté, qui est vide, il faudra la louer
aussi ?

— Bien sûr ! Je vais mettre des écriteaux aux fenêtres et à la porte de la rue, pour les annoncer. Vous
verrez que tout ira bien. »

Tout alla bien, en effet. La semaine n'était pas finie,
qu'une femme d'environ cinquante ans, petite et ron-
delette, avec un bonnet de veuve, vint frapper à la
porte de Carilès et demanda à voir les chambres.

Pendant que Miette en cherchait les clefs, la visi-
teuse, qui probablement n'aimait pas à se taire, commença à raconter au père Carilès « qu'on avait bien
du mal dans la vie ».

« Mais pas trop ! » avait envie de dire celui-ci, qui
ne trouvait pas avoir eu jamais à se plaindre du sort.
Seulement, comme il lui fallait toujours un certain
temps pour se décider à parler, son interlocutrice
poursuivit sans attendre de réponse, et lui raconta
toute son histoire.

Elle était restée veuve, il y avait quinze ans, avec un garçon de cinq ans.

Quelle peine, pour une pauvre femme, de gagner sa vie et d'élever son fils !

Elle en était pourtant venue à bout ; elle avait envoyé son Jean à l'école, et les maîtres étaient joliment contents de lui ! Elle avait plein un tiroir de ses prix et de ses couronnes.

Aussi, on l'avait admis à l'École industrielle et on l'avait fait entrer comme apprenti chez maître Cauvain, le menuisier, dont il était devenu depuis le meilleur ouvrier.

A présent, Jean gagnait de bonnes journées, et Mme Lebeau — elle ne manqua pas de se nommer — n'avait plus besoin de s'user les yeux à ravauder des bas et des chaussettes ; mais elle continuait à travailler, sans pourtant se fatiguer autant qu'autrefois, parce qu'elle ne voulait pas être à charge à son fils.

Carilès ne pouvait qu'approuver de tels sentiments. Cependant il se hasarda à dire que quand une mère avait travaillé longtemps pour élever son fils, il était tout simple que le fils travaillât à son tour pour nourrir sa mère. Mme Lebeau assura que c'était aussi l'avis de Jean. Et là-dessus, comme tout en parlant, ils étaient arrivés dans la chambre de la défunte Perrotte, elle cessa de causer pour prendre connaissance du local.

« Voyez, madame, dit Miette en ouvrant la fenêtre, quelle belle vue sur la campagne ! et de ce côté-ci l'Erdre, avec ses bateaux de bois, de charbon, de mottes ! le pont Maudit ! la route de Rennes avec ses peupliers ! On voit jusqu'à la Loire en se penchant un peu.

» La chambre est très-commode. Il n'y fait pas froid en hiver. Nous voudrions la louer avec les meubles. Ils sont en bon état, bien solides et bien propres.

» Et puis la maison est très-tranquille, madame ; on n'y trouve point de mauvaises gens.

— Avec les meubles ? dit Mme Lebeau, ce serait peut-être bien cher. D'ailleurs j'ai des meubles à moi : un lit, une grande armoire, une commode, une table et quatre chaises ; il faut que je trouve où les placer.

» Et puis j'aurais besoin d'un cabinet pour coucher mon Jean ; car, voyez-vous, depuis qu'il n'est plus apprenti et qu'il ne couche plus chez son maître, je suis obligée de lui étendre tous les soirs un matelas par terre dans ma cuisine, et c'est tout juste si elle est grande comme le matelas.

— Nous avons votre affaire, madame, interrompit Miette en allant avec empressement ouvrir la porte de la chambre voisine. Voici une chambre qui n'est pas meublée et qui conviendra très-bien à monsieur votre fils. Voilà la place du lit, celle de l'armoire ; on peut mettre la commode dans ce coin et laisser la table au milieu de la chambre. Et puis, voyez ce placard : c'était autrefois une porte qui donnait dans l'autre pièce et qu'on a condamnée ; en la rouvrant vous pourrez aller l'un chez l'autre sans passer par le corridor. »

Carilès était dans l'admiration.

« A-t-elle de l'esprit ! Trouve-t-elle juste les mots qu'il faut dire ! Et c'est moi qu'on a nommé son tuteur ! La bonne plaisanterie ! C'est elle plutôt qui devrait être mon tuteur ! On peut être tranquille, elle ne laissera pas perdre son bien. »

Mme Lebeau examinait tout attentivement, ouvrait les portes, les placards, prenait ses mesures, réfléchissait.

« Et le prix des deux chambres ? demanda-t-elle.

— Comme il y en a une joliment meublée, madame, ce sera vingt francs par mois pour les deux ; et ce n'est pas cher, je vous assure, pour la beauté du logement, la vue, et la tranquillité des voisins. »

Mme Lebeau trouvait le prix un peu élevé ; mais il y avait si longtemps qu'elle était logée à l'étroit qu'elle éprouvait le besoin de se mettre à son aise, à présent qu'elle le pouvait, ajoutait-elle avec un certain orgueil.

Elle loua donc les deux chambres, et huit jours après, elle s'y installait avec son fils Jean, un grand garçon d'une vingtaine d'années, à la figure ronde et joyeuse, animée par des yeux brun clair, bien francs et bien gais, et ornée d'un semblant de moustache brune.

Le père Carilès, qui était allé offrir ses services pour le déménagement, déclara à Miette que ce jeune ouvrier

paraissait un bien bon garçon, tout à fait poli et respec-
tueux, pour sa mère d'abord, et pour les vieilles gens
ensuite; et que de plus il était très-adroit dans son métier, de sorte qu'il y avait plaisir à le voir planter des
clous, poser des planches et accrocher des porte-man-
teaux, tout aussi bien qu'un maître menuisier.

Jean lisait clairement, on le comprenait.

CHAPITRE XXV

Occupations d'été et d'hiver.

Quand on demeure sur le même corridor et qu'on s'y rencontre vingt fois par jour, il est bien difficile de ne pas devenir au bout de peu de temps amis ou ennemis. Miette était si gentille, si serviable, d'une humeur si gaie et douce, que la mégère la plus rébarbative aurait seule pu résister à son charme; et Mme Lebeau, loin d'être une mégère, était une excellente femme, un peu bavarde peut-être, mais ce n'était pas un défaut pour Miette, qui aimait mieux écouter que parler. Les deux voisines, la vieille et la jeune, s'entendirent donc bientôt à merveille et se rendirent une foule de petits

23

services qui les attachèrent l'une à l'autre. Carilès, lui,
était habitué à causer avec Perrotte : il fut bien aise de
trouver une autre femme à sa place, et il lui sembla
bientôt qu'il avait connu Mme Lebeau de toute éternité.

Les chambres qui composaient la propriété de Miette
s'ouvraient toutes sur un long corridor éclairé par trois
fenêtres, une vis-à-vis de chaque chambre. Naturellement, chacune des fenêtres du corridor appartenait à

l'habitant de la chambre prochaine :
et comme ces fenêtres étaient éclairées et chauffées depuis l'aube par
le soleil, les fleurs y poussaient à
merveille, et leurs propriétaires ne
manquaient pas d'en faire des jardins
suspendus, qui leur étaient tout aussi
précieux que purent l'être à l'altière
Sémiramis ceux dont elle avait cou-
ronné Babylone. Dès le matin on
soignait ses fleurs, on les arrosait, on enlevait les
feuilles flétries, les rameaux desséchés; on appelait
les voisins pour leur montrer d'un air de triomphe
les petits germes vert pâle qui avaient percé la terre
pendant la nuit, ou la violette qui élevait au-dessus
de la touffe verdoyante de ses feuilles sa petite tête
embaumée, ou le bouton de rose du Bengale qui s'é-
tait entr'ouvert depuis la veille. Chaque fenêtre brillait
tout l'été des plus vives couleurs: la giroflée, l'œillet,
la pensée, le jasmin, la rose, la marguerite, y fleuris-
saient tour à tour; et sur des ficelles tendues du haut

en bas grimpaient la capucine, le pois de senteur et
le volubilis. Quelle joie, dès que le ménage était fini,
d'apporter son ouvrage et sa chaise, de s'installer
dans le corridor, et de travailler en respirant l'odeur
des fleurs et en écoutant le ramage du serin favori,
qui gazouillait à se rompre le gosier, pour exprimer son
plaisir d'habiter ce petit paradis! Quelquefois Miette
luttait avec l'oiseau; alors Carilès faisait : « chut! » à la
mère Lebeau, et tous deux se taisaient pour écouter le
duo du serin et de la jeune fille, sans pouvoir décider
lequel des deux chantait le mieux. Quand on ne peut
pas payer sa place au concert ou à l'Opéra, on est heureux d'avoir sa petite musique chez soi.

Jean Lebeau sortait dès le matin et ne rentrait que le
soir. Tant que durèrent les beaux
jours, l'intimité resta donc circon-
scrite entre Carilès, Miette et la mère
Lebeau. Mais lorsque l'hiver vint,
qu'il n'y eut plus de fleurs aux fenêtres, et que les journées de l'ouvrier se terminèrent de bonne heure,
ce ne fut plus dans le corridor qu'on
se réunit. Mme Lebeau demanda un
soir au père Carilès et à sa fille de venir veiller chez elle
« pour n'avoir qu'un feu et qu'une lumière »; et naturellement Jean s'y trouva. Le lendemain on veilla chez
Carilès, et l'on prit peu à peu l'habitude de passer les
soirées ensemble, tantôt chez l'un, tantôt chez l'autre.
Ce fut généralement chez Carilès, dont l'ouvrage n'était

pas aussi facile à transporter que la corbeille de bas de
Mme Lebeau. Jean n'aimait pas à rester oisif ; il aidait le
père Carilès, et souvent, quand on avait pu se procurer
quelque bon livre, on le priait de faire la lecture. Jean
lisait clairement, on le comprenait. Mme Lebeau écoutait
parce que c'était Jean qui lisait ; Miette et Carilès, parce
qu'ils trouvaient la lecture intéressante. De temps en
temps, Carilès interpellait la jeune fille : « Tu savais ça,
toi, Miette? » Pour lui, Miette savait tout.

Quand on avait fini de lire, on causait de ce qui
avait été lu, on échangeait ses impressions, chacun soutenait son avis, et la soirée s'écoulait sans que Mme Lebeau eût trouvé le temps de demander aux autres ce
qu'ils pensaient de la voisine du troisième qui avait
acheté une volaille au marché, ou de la vieille repas-
seuse du quatrième qui portait le deuil de son chat,
ou de tout autre événement aussi intéressant dont elle
s'était bien promis de leur parler.

Quand la belle saison revint, les deux familles étaient
tout à fait amies. Désormais on alla ensemble se promener les jours de fête, et les moulins de Carilès furent vus
jusqu'à Vertou et à Nort, où l'on faisait la partie de se
rendre en bateau à vapeur. La route elle-même était
déjà un plaisir ; on admirait les rives de la Sèvre ou de
l'Erdre, avec leurs prairies, leurs coteaux boisés et
leurs vallées verdoyantes. Les châteaux en Espagne ont
leur charme pour tout le monde : nos voyageurs s'amu-
saient à faire leur choix entre les jolies maisons blanches qui brillent çà et là dans la verdure : cette façon

d'être propriétaire a l'avantage de ne pas entraîner de
soucis, ni de tracas. Carilès n'oubliait pas non plus le
solide : il emportait toujours sa marchandise; il était
habitué à la porter, elle faisait partie de lui-même, et il
ne fût pas revenu content d'une promenade où il n'aurait rien vendu.

Carilès continuait à trouver que la vie est une bonne
chose. A eux deux, Miette et lui, ils gagnaient bien leur
vie; ils ne manquaient de rien, ils avaient de bons voisins : de quoi auraient-ils pu se plaindre?

Les enfants se rangèrent en cercle autour du foyer.

CHAPITRE XXVI

Où l'on voit ce que pense Carilès du pouvoir des méchants.

« Les marmots de la mansarde sont encore venus vous demander, dit Mme Lebeau à Miette, qui rentrait un panier au bras. Vraiment, ma petite, je ne sais à quoi vous pensez d'attirer ça ici · des enfants qui n'ont que des guenilles à se mettre sur le corps, et sales, mal peignés! Je ne comprends pas qu'on ait reçu ces gens-là dans une maison comme celle-ci, ni que vous soyez toujours fourrée chez eux : et le père Carilès qui permet ça, encore!

— Ils sont très-pauvres, madame Lebeau, c'est vrai, mais ce ne sont pas de mauvaises gens, et le père Ca-

rilès me permet d'aller chez eux parce que je peux leur
être utile. Il faut bien s'aider en ce monde; sans cela
que deviendraient les malheureux? Quand on est riche,
on donne son argent; et quand on ne l'est pas, on
donne sa peine. Et puis, ajouta la jeune fille en riant
et en menaçant du doigt sa voisine, vous n'avez rien à
dire, madame Lebeau, car hier encore je vous ai vue
donner de la soupe aux deux plus petits; et même,
vous aviez l'air enchantée de les voir manger de si bon
appétit.

— Dame! on n'a pas un cœur de rocher, marmotta
Mᵐᵉ Lebeau; mais c'est égal, c'est ennuyeux qu'ils
soient ici.

— Et puis, voyez-vous, continua Miette, je ne suis
pas comme Mᵐᵉ Gendreau, qui vous donne ses bas à
raccommoder : une ancienne cuisinière qui traite ses
domestiques comme des nègres, sans se souvenir qu'elle
a été domestique dans son temps. Quand je vois de
pauvres enfants qui ont faim et froid, je pense que j'é-
tais comme eux quand le père Carilès m'a recueillie,
et je m'ôterais le pain de la bouche pour le leur donner. »

Ce disant, Miette prit un gros morceau de pain, un
reste de viande qui était dans le buffet, et bientôt on
l'entendit monter d'un pas joyeux l'escalier de bois qui
conduisait aux mansardes.

« Qu'est-ce qu'elle veut donc dire? demanda à Carilès la mère Lebeau tout étonnée. Vous l'avez recueillie? elle n'est donc pas à vous?

— Si, elle est bien à moi, puisque je l'ai adoptée, répondit Carilès, mais elle n'est pas ma fille : je l'ai ramassée à ma porte, un soir d'hiver. »

Et le bonhomme raconta dans tous ses détails l'histoire de l'adoption de Miette.

La mère Lebeau ponctua ce récit d'une foule de « Ah! » de « Oh! » de « Seigneur! mon Dieu! Est-il possible! » et, lorsque Carilès eut fini :

« Eh bien, père Carilès, dit-elle, vous êtes un brave homme, et votre bonne action vous a porté bonheur. Il est vrai de dire aussi que vous êtes bien tombé ; la petite est aimable comme on n'est pas. Mais comment ne m'aviez-vous jamais raconté cela ?

— Vous ne me l'aviez jamais demandé, » répondit simplement Carilès.

Mme Lebeau fut d'abord étonnée de cette réponse; puis, ayant réfléchi :

« Eh bien, dit-elle, vous avez tout de même raison de ne pas en parler : cela pourrait faire tort à Miette. »

Ce fut au tour de Carilès de s'étonner.

« Faire tort à Miette, s'écria-t-il. Et quel tort, s'il vous plaît? Est-ce sa faute, à elle, si elle a été malheureuse pendant six ans de sa vie? Il faudrait être bien sans-cœur pour lui en vouloir! Allez, allez, madame Lebeau, le monde n'est pas si mauvais qu'on le croit. C'est bien arrivé une fois que des méchantes petites filles l'ont insultée, l'ont appelée sorcière, mendiante, sauteuse; mais si vous aviez vu, quand je leur ai reproché leur dureté, comme elles sont toutes restées im-

24

mobiles et muettes comme un tas de cailloux! Il n'y en
a pas une qui ait osé bouger. Et c'est comme cela partout; dès qu'un honnête homme parle haut selon la
justice, les méchants se taisent et vont se cacher : ils
sentent bien qu'ils ne sont pas les plus forts. Faire tort
à Miette! dans l'esprit de ceux qui ne la connaissent
pas, peut-être; mais ceux qui la connaissent, où trou-
veront-ils une fille plus tendre, plus reconnaissante pour
son vieux père, plus laborieuse, plus charitable, plus
douce et plus aimable envers tout le monde? Ah! je suis
bien tranquille, madame Lebeau; je n'ai pas peur que
rien lui fasse tort. »

Mᵐᵉ Lebeau était désolée d'avoir fâché le père Carilès. « Ce n'est pas pour moi que je vous dis ça... »
murmura-t-elle; et elle disait vrai : ce n'était point sa
pensée qu'elle avait exprimée, mais un préjugé popu-
laire qu'elle ne partageait plus dès qu'elle y réfléchissait.

Jean, qui était dans sa chambre et qui avait tout
entendu, vint prendre dans ses mains les vieilles mains
ridées du père Carilès et il les serra longuement. Il n'en
dit pas davantage; mais dès que Miette fut redescendue,
il alla, lui aussi, faire sournoisement sa visite aux mansardes. Il apprit que les pauvres gens qui y demeu-
raient n'étaient dans la misère que par suite de malheurs, et non pas de paresse ou d'inconduite; que si
la chambre était vide de meubles, c'était parce qu'on
les avait vendus peu à peu pour nourrir les enfants,
pendant une longue maladie du père; que si les pauvres

petits étaient mal peignés et mal vêtus, c'était parce que
la mère partait dès le matin pour tâcher de gagner
quelque argent afin de payer le pharmacien et le médecin, et qu'on se privait de tout dans la maison pour
arriver à payer les dettes. Il apprit aussi que Miette
venait tous les jours, en l'absence de la mère, prendre
soin des plus petits enfants, et qu'ils lui devaient les
seuls bons repas qu'ils eussent pris depuis bien des semaines.

Jean n'était pas riche, mais il avait bon cœur. Il resta
à l'atelier ce jour-là deux heures plus tard que de coutume, et quand il revint, il était chargé de cinq petits
bancs de tailles graduées, dont il avait trouvé les maté-
riaux dans des planches de rebut. Cela fit un commencement de mobilier aux gens de la mansarde, et les
enfants, qui depuis longtemps étaient réduits à s'asseoir
par terre, furent bien joyeux de se ranger en cercle
autour du foyer, leur écuelle sur les genoux ; la maigre
soupe aux choux leur en parut meilleure.

Madame Lebeau coupait majestueusement la galette.

CHAPITRE XXVII

Où l'on revoit sans plaisir une ancienne connaissance.

Jean Lebeau s'était institué le menuisier de ses pauvres voisins ; des escabeaux de grande taille, une table, des étagères avaient suivi les petits bancs ; et la mère Lebeau, qui faisait du bien à l'occasion, tout en craignant que les autres en fissent trop, avait fini par habiller toute la petite famille de vêtements neufs taillés dans ses vieilles jupes ou dans les anciens habits de son fils. Enfin, le jour des Rois, elle arriva chez Carilès avec une énorme galette, et sur l'observation du bonhomme « qu'on ne pourrait jamais la manger à quatre », elle répondit que les petits de là-haut y don-

neraient bien leur coup de dent, si on allait les chercher. Miette y courut, et, quelques minutes après, cinq
paires d'yeux brillants et friands suivaient tous les
mouvements de Mme Lebeau, qui coupait majestueusement la galette.

Un gâteau des Rois! qui ne se souvient de cette joie
de son enfance! La gaieté, les frais éclats de rire; l'émotion qui vous serre le cœur quand vous prenez votre
portion pour y chercher la bienheureuse fève; le dépit,
bien vite réprimé, de ceux qui ne la trouvent pas. Et
puis les verres qui s'entre-choquent, les cris : *le roi
boit !* et la joie plus grave, mais non moins douce,
d'offrir au mendiant qui passe le morceau choisi, le
morceau béni, *la part des pauvres*, *la part à Dieu!*
Rien de tout cela ne fut oublié à la table de Carilès;
pourtant on ne put crier : *le roi boit!* car personne
n'eut la fève. Aussi, lorsque les enfants furent rassasiés,
Miette prit le plus petit par la main, et lui dit :

« Viens avec moi chercher un pauvre pour lui donner la part à Dieu! Il sera notre roi, car la fève doit
se trouver dans son morceau. »

Miette descendit avec l'enfant qui marchait lente-
ment en se tenant à sa robe : elle portait d'une main
un flambeau et de l'autre protégeait la flamme vacil-
lante de sa chandelle. Arrivée en bas, elle posa sa lumière sur un banc, ouvrit la porte et se pencha en
dehors pour chercher des yeux un mendiant ; il n'en
manquait pas ce soir-là dans les rues.

Elle n'attendit pas longtemps. Un homme vieux et

Lui! lui! dit-elle. (P. 193.)

cassé, couvert de haillons sordides, s'approchait en boitant; et quand il fut tout près, Miette vit qu'il était manchot; sa manche gauche pendait tout entière vide à son côté.

« Tenez, pauvre homme, » lui dit-elle en lui tendant la part de gâteau et une pièce de monnaie.

L'homme commençait en même temps sa requête monotone :

« La charité, s'il vous plaît, ma bonne dame, » et il arriva, au moment où Miette lui présentait le gâteau, dans le rayonnement de la chandelle placée sur le banc. Miette, à cette voix, parut frappée d'épouvante ; elle regarda l'homme, recula de deux pas, et chancela en poussant un cri déchirant qui retentit jusqu'au haut de l'escalier.

A ce cri, Carilès et Jean Lebeau s'élancèrent, et ils se trouvèrent tous les deux auprès de Miette presque aussi vite que s'ils étaient tombés du cinquième étage.

Miette saisit le bras de Carilès, et d'une voix étouffée :

« *Lui ! lui !* » dit-elle en montrant le mendiant.

Carilès avança d'un pas et regarda l'homme. Il le reconnut, et son visage prit cette expression de colère qu'il avait eue le jour où il avait arraché Miette aux enfants de l'école ; et, posant sa main sur l'épaule mutilée du misérable :

« Qu'est-ce que tu lui as fait? Dis-le toi-même, si tu ne veux pas que je t'écrase tout de suite !

25

— Je ne lui ai rien fait, bien sûr ! s'écria le mendiant. Je lui ai demandé la charité, et elle allait me donner, quand elle a poussé un grand cri..... mais je ne lui ai rien fait, moi ! Lâchez-moi donc, vous me serrez trop fort.

— Tu ne l'as pas reconnue, toi, misérable ? mais elle a de la mémoire, la pauvre petite ! elle se souvient de ta mauvaise figure, et de tout ce que tu lui as fait souffrir. Et moi, qui ne t'ai vu qu'une fois, je te reconnais bien aussi. Va-t'en, et malheur à toi si je te retrouve sur le chemin de Miette !

— Miette ! » s'écria le mendiant.

Et il essaya de fuir ; mais Miette, qui était revenue à elle en se sentant protégée, s'avança, pâle, mais résolue, et l'arrêta. Sa main tremblait en se posant sur le bras unique du malheureux, mais elle l'y appuya pourtant, et lui dit de sa douce voix :

« L'avocat, j'ai été effrayée tout à l'heure, parce qu'en vous reconnaissant, il m'a semblé être au jour où je vous ai quitté ; mais j'ai eu tort d'avoir peur ; je vois que vous êtes malheureux, vous ne devez plus être méchant. Je vous pardonne le mal que vous m'avez fait autrefois. Voici votre part du gâteau des Rois : la fève doit y être. Venez la manger chez nous et boire un verre de vin pendant que nous crierons : Le roi boit ! »

Mᵐᵉ Lebeau, qui était descendue pour savoir ce qui se passait, fit un mouvement d'effroi. « Un homme pa-

reil, dit-elle tout bas à son fils ; il est capable de nous
assassiner tous.

— Laissez-la faire, ma mère, répondit Jean ; le
pauvre homme est boiteux et manchot, il n'est guère
à craindre ; et puis je suis là, et aussi le père Carilès,
qui est encore solide. »

Lavocat était confondu. Il retrouvait l'enfant qu'il
avait maltraitée, dont il avait volé et dissipé le pauvre
héritage ; l'enfant qu'il avait cherchée toute une nuit
avec des pensées de rage et de vengeance, l'enfant dont
il avait voulu briser les membres, dont il avait songé à
faire une naine et une idiote ; et il la retrouvait grande,
belle et bonne, entourée de protecteurs et d'amis. Et
lui, l'homme fort, qui s'était joué de tous ses compagnons, et qui l'avait emporté sur tous par sa vigueur
ainsi que par les ruses de son esprit, il était là devant
Miette, faible, mutilé, mendiant. Il ne put y tenir :
un gémissement lui échappa, et il s'appuya, défaillant,
contre la muraille. Ce fut Miette qui le soutint.

« Aidez-moi, mon père, il se trouve mal, » dit–elle à
Carilès.

Carilès ne se souciait pas trop de toucher ce réprouvé ;
pourtant il obéit à Miette, et Jean, enlevant le mendiant dans ses bras robustes, alla l'asseoir sur le
banc. Alors la jeune fille, alerte et vive, courut chercher le vin resté sur la table, et vint présenter la
boisson réchauffante aux lèvres de son ancien ennemi.

Elle n'avait plus peur de lui. Elle ne songeait qu'à
réparer ses forces épuisées, qu'à faire renaître dans son

cœur, au souffle de la charité et du pardon, un peu
de paix et de tendresse; elle y réussit.

Le misérable, ranimé, rouvrit les yeux ; et quand il
vit en face de lui cette figure douce et compatissante où
il retrouvait les traits de sa petite victime d'autrefois,
son cœur se fondit, il pencha sa tête sur sa poitrine,
et il pleura...

Un quart d'heure après, Lavocat était assis à la table
de Carilès, entre Carilès et Miette, il avait mangé leur
pain et il leur racontait son histoire : tandis que Miette
et son père adoptif s'étaient élevés de degré en degré
vers le bien et vers le bonheur, lui, il était tombé de
chute en chute jusqu'à l'état où ils le voyaient.

A l'aide des dépouilles de sa patronne, la mère de
Miette, il avait cherché fortune dans plusieurs villes :
rien ne lui avait réussi. Il avait fini par vendre la baraque et par s'engager comme clown dans un cirque.
Là, un cheval qu'il avait frappé mal à propos, devenu
tout à coup furieux, l'avait renversé, piétiné et mis à
deux doigts de la mort. Après de longues souffrances, il
était sorti de l'hôpital, boiteux, difforme et un bras
coupé près de l'épaule. Il ne pouvait plus gagner sa
vie ; il s'était mis à mendier, et il allait de ville en
ville, de village en village, couchant dans les granges
quand on voulait bien les lui ouvrir, ou dans un fossé
quand il ne trouvait pas d'autre abri ; et ce serait ainsi
jusqu'à la fin de ses jours ; il était destiné à mourir
comme un chien, sur quelque grande route, sans que
personne s'inquiétât de lui.....

Ce soir–là, quand, aidé par Miette, il eut redescendu l'escalier, qu'il mit le pied dans la rue et que la porte fut sur le point de se refermer sur lui, il se retourna vers la jeune fille, et, retrouvant dans sa mémoire et dans son cœur des mots qu'il n'avait pas prononcés, auxquels il n'avait pas pensé depuis bien des années : « Que Dieu vous bénisse ! » lui dit–il.

On le revit encore, deux ou trois fois, à la table de Carilès ; puis un jour un messager vint prier « Mlle Miette de venir à l'hôpital voir un malade qui la demandait » ; et le lendemain la jeune fille recevait le dernier soupir du vieux saltimbanque qui mourait, non pas seul et abandonné, la rage au cœur et le blasphème à la bouche, mais consolé et pardonné, repentant et réconcilié avec lui–même et avec Dieu.

Elle le conduisait sur les promenades.

CHAPITRE XXVIII

Demande en mariage.

Dans la chambre du père Carilès, une jeune fille était assise près de la fenêtre, une belle fille de vingt ans, fraîche et brillante de santé ; c'était Miette, qui ne ressemblait plus guère à la pauvre chétive petite créature adoptée autrefois par le marchand de moulins à vent. Miette cousait activement, et dans ses mains le velours, la soie, les dentelles, prenaient les formes les plus coquettes et les plus élégantes. On voyait, rangés sur une table devant elle, une polonaise de velours garnie de fourrure, une jupe de soie à cinq volants, une mantille de dentelle, un chapeau de crêpe bleu orné de pâquerettes, et de l'autre côté de la table se trouvaient toutes les pièces d'un trousseau, taillées et prêtes à être cou-

sues, y compris une robe de satin blanc et un voile de tulle. Miette faisait une toilette et un trousseau de mariée, et la future propriétaire de cette toilette et de ce trousseau, assise sur une petite chaise, la regardait avec l'éternel sourire de ses yeux d'émail. Cette belle fiancée était une poupée de porcelaine.

Tel était le métier de Miette : couturière pour poupées. Elle y gagnait très-bien sa vie et celle de Carilès, qui s'imaginait encore gagner quelque chose avec ses moulins à vent, et à qui Miette laissait cette illusion pour ne pas le chagriner, mais qui en réalité n'aurait pu vivre sans le travail et les soins de l'orpheline. Miette travaillait pour un grand magasin, et beaucoup de petites filles riches et paresseuses, qui voulaient avoir des poupées bien mises sans se donner la peine de coudre pour elles, les lui envoyaient en lui commandant un trousseau de dame, de pensionnaire ou de petit garçon, ou même une layette pour un enfant de trente centimètres de longueur. Miette était très-adroite et savait donner de la grâce à tout ce qu'elle faisait. Elle aurait pu être une bonne couturière ou une habile modiste ; mais il aurait fallu quitter Carilès, et Carilès ne pouvait se passer d'elle. Elle avait donc adopté définitivement une occupation qui lui permettait de rester près de lui, de tra-

vailler sans quitter le logis ; et depuis un an environ elle
se félicitait de plus en plus du parti qu'elle avait pris ;
car le vieillard ne pouvait plus sortir seul. Sa vue s'était
affaiblie peu à peu ; pendant longtemps il avait continué
à parcourir seul les rues de Nantes, il les connaissait si
bien ! Si peu qu'il y vît clair, il pouvait trouver son
chemin et vendre sa marchandise. Il était aussi tellement
habitué à faire ses petits moulins, qu'il avait pu continuer à en assembler les morceaux, que Miette lui tail-
lait, tant que ses yeux avaient conservé un peu de vie.
Mais maintenant, c'était fini ! et Carilès était plongé
dans la nuit.

Il n'était pas triste pourtant : Miette voyait pour lui.
Miette veillait la nuit sans qu'il le sût, pendant qu'il
dormait, pour lui fabriquer des petits
moulins, et quand le soleil était
beau, elle prenait le bras du vieillard et le conduisait sur les promenades pour qu'il pût vendre son
ouvrage. A la maison, elle l'habil-
lait, le soignait, le faisait manger ;
elle lui chantait des chansons, elle
lui racontait des histoires ; elle lui
faisait la lecture, quand elle n'était pas trop pressée
d'ouvrage ; et s'il est possible d'être heureux en étant
aveugle, certes Carilès était heureux.

Il avait bien changé depuis le jour où il avait adopté
Miette. C'était toujours le même Carilès, avec sa lévite
et sa grande casquette ; mais on eût dit un Carilès trans-

figuré. La lévite actuelle, taillée sur le patron de l'ancienne, était de bon drap propre et chaud, ainsi que la
casquette ; le col et les devants de chemise de Carilès
étaient habilement repassés par Miette, et sa cravate
formait un beau nœud. Ses cheveux, tout à fait blancs
maintenant, étaient soigneusement peignés, ses souliers
étaient bien cirés, et toute sa personne présentait un
aspect propre et vénérable qui eût bien étonné l'ancien
Carilès.

Il avait tout à fait bon air lorsqu'il parcourait les
allées des cours au bras de Miette, fraîche et gra-
cieuse, avec son bonnet blanc, sa robe bien faite et son
petit tablier noir. On les regardait, et le bonhomme
redressait fièrement la tête quand il entendait murmu-
rer sur son passage : « C'est le vieux père Carilès avec
sa jolie fille. »

Miette cousait donc avec activité la garniture de la
robe de mariée. C'était de l'ouvrage pressé ; la noce
devait avoir lieu le lendemain, et la propriétaire de la
fiancée avait envoyé deux fois demander si *sa fille* serait
prête. Aussi Miette, au retour de sa promenade quoti-
dienne avec Carilès, s'était-elle hâtée de remonter chez
elle et de reprendre son aiguille, au lieu d'entrer chez
la dentellière du rez-de-chaussée, avec qui le bonhomme
aimait à causer. Elle y avait laissé Carilès en train de
vendre des moulins à quelques marmots du voisinage ;
il connaissait assez l'escalier pour pouvoir remonter sans
danger quand il lui plairait de rentrer. Miette travaillait donc seule, quand elle entendit frapper du

doigt à la porte. « Entrez ! » dit-elle, et Jean Lebeau entra.

Miette le regarda avec étonnement. Jamais l'ouvrier n'était revenu de l'atelier de si bonne heure ; et puis il avait une figure moitié joyeuse, moitié embarrassée que la jeune fille ne lui connaissait pas. Elle l'invita pourtant à s'asseoir et continua son ouvrage.

« Le père Carilès n'est pas ici ? demanda Jean, en maniant d'un air distrait les pièces du trousseau de la poupée comme pour se donner une contenance.

— Non, il est en bas à causer chez la voisine. Est-ce que vous vouliez lui parler ?

— Oui... c'est-à-dire... enfin ça n'est pas pressé..... C'est une robe de mariée que vous faites là, mademoiselle Miette ? C'est une bien jolie chose qu'une robe de mariée !

— Oui, elle est jolie, mais c'est un peu lourd, le satin, pour une si petite personne. La semaine dernière, j'ai habillé une autre mariée en simple robe de mousseline, avec un voile de tulle, et je l'aimais beaucoup mieux.

— Oui, c'est cela ! Une robe de mousseline avec un voile de tulle et une couronne de fleurs d'oranger ! Voilà une toilette qui conviendrait bien pour la femme d'un maître menuisier ! »

Miette le regarda et éclata de rire.

« Quelle drôle de figure vous faites, monsieur Jean ! Qu'avez-vous donc dans la tête aujourd'hui ?

Est-ce que vous êtes chargé de choisir une toilette de noce ?

— Je le voudrais bien ! et si vous le vouliez aussi, ça serait vite fait. Je ne sais pas comment vous dire... Enfin, je suis maître menuisier depuis ce matin : mon patron se retire et me cède l'établissement. »

Miette devint sérieuse. Jean continua sans oser la regarder.

« On gagne de l'argent quand on est maître menuisier, puisque mon patron se retire avec des rentes ; alors on peut se marier et soutenir toute une famille. Voilà pourquoi je viens vous demander, mademoiselle Miette, si vous voulez bien être ma femme et venir demeurer à l'atelier, avec le père Carilès, qui deviendra mon père aussi, et que je soignerai et respecterai comme si j'étais vraiment son fils. »

Miette ne répondit pas, et Jean, au bout d'un instant, se décida à lever les yeux vers elle. Elle était toute pâle et ses lèvres tremblaient.

« Mon Dieu ! mademoiselle Miette, est-ce que je vous ai fait de la peine ? s'écria le pauvre garçon prêt à pleurer.

— Non, monsieur, non, vous ne m'avez pas fait de peine. Ce qui me chagrine, c'est que je vais être obligée de vous en faire. Je ne veux pas me marier.

— Pas vous marier ! Pourquoi ?

— Écoutez-moi bien, je vous en prie, monsieur Jean. Quand j'étais une pauvre petite enfant abandonnée, Carilès, bien pauvre lui-même, m'a recueillie, m'a soi-

Miette ne répondit pas. (P. 204.)

gnée, m'a aimée, m'a servi de père. Je n'ai jamais vu
de saltimbanques depuis que je suis grande et que je
peux comprendre les choses de la vie, sans frémir en
pensant au sort qui devait être le mien. Puisqu'il m'a
sauvée de cette terrible existence, je lui dois tout. Je lui
dois bien plus que s'il était mon père, car enfin il n'était
pas obligé de m'adopter. Il pouvait me laisser mourir
de froid et de faim dans la rue, où il m'avait trouvée ;
ou bien, si j'avais vécu, où serais-je et que serais-je à
présent? Personne ne peut savoir combien il a été bon
pour moi, même quand je ne le méritais pas. Une fois
je me suis montrée vaniteuse et ingrate ; j'ai pris occasion de ses dons pour le mépriser. Croyez-vous qu'il
m'ait punie, qu'il m'ait chassée, comme il pouvait le
faire ? Non ! il n'a pas eu pour moi une parole de
reproche ; il a pleuré et il m'a pardonné, en s'excusant,
pauvre cher père ! de m'avoir causé de la peine. Oh !
ces larmes-là, je ne les oublierai jamais ! Jamais je ne
lui en ferai verser d'autres, je me le suis promis à moi-
même. Je ne peux lui payer ma dette qu'en lui consa-
crant toute ma vie, tout mon travail, toute mon affection. Je ne me marierai jamais.

— Oh ! mademoiselle Miette, s'écria Jean, si vous
croyez que c'est en me disant des choses pareilles, qui
me montrent tout votre bon cœur, que vous allez me
faire renoncer à mes projets, vous vous trompez bien ;
au contraire, je ne vous en aime que davantage d'être
si reconnaissante et si dévouée. Vous ne m'avez donc pas
compris? Je vous ai dit que le père Carilès serait mon

père, et que je me conduirais envers lui comme un fils.
Vous n'avez qu'à demander à ma mère si je sais ce que
c'est que les devoirs d'un fils ; je suis bien tranquille,
elle ne se plaindra pas de moi ! Vous la connaissez bien,
ma mère ; vous n'avez pas peur qu'elle fasse de la peine
au père Carilès? Elle nous aidera à l'aimer, à le soigner, et nous serons tous heureux. »

Miette secoua la tête.

« Vous m'attristez inutilement, monsieur Jean ; ma
résolution est bien arrêtée. Si mon père n'était pas
devenu aveugle, s'il n'avait pas eu d'autre infirmité que
la vieillesse, j'aurais eu assez de confiance en vous pour
vous charger de la moitié de ma dette, et je n'aurais pas
cru mal faire en vous acceptant pour mari. Mais il a
perdu la vue. Il faut s'occuper de lui sans cesse, puisqu'il ne peut se rendre aucun service à lui-même. Il faut
le soigner comme un petit enfant, plus qu'un petit enfant
même ; et ce devoir-là ne peut pas s'accorder avec les
autres devoirs dont je me chargerais en entrant chez
vous. Je sais qu'une femme doit s'occuper de son mari,
qu'une ménagère doit s'occuper de son ménage, que la
femme d'un maître ouvrier doit s'occuper des comptes
de la maison, qu'une mère de famille doit s'occuper de
ses enfants. Pourrais-je faire tout cela sans négliger mon
père? Il est habitué dès qu'il étend la main à rencontrer la main de sa fille pour le guider où il veut aller,
pour lui donner ce qu'il désire ; il serait obligé d'attendre, de se priver. Il ne dirait rien, je le sais bien: il
penserait : « Miette a autre chose à faire que de s'oc-

cuper de moi, » et il trouverait cela tout simple ; mais il souffrirait, lui qui ne m'a jamais fait souffrir, et je ne veux pas qu'il souffre ; j'aime bien mieux que ce soit moi ! »

On entendit un peu de bruit derrière la porte ; mais Miette et Jean étaient trop occupés pour y faire attention.

La jeune fille reprit :

« Ne lui parlez pas de cela, monsieur Jean, je vous en supplie. Il n'aura pas de lui-même l'idée que je suis en âge de me marier ; pour lui, je suis toujours la petite Miette, et il vivra tranquille et heureux tant que personne ne viendra lui dire que je pourrais trouver du bonheur ailleurs qu'auprès de lui. Au lieu que s'il savait..... Il ne comprendrait pas tout de suite, il serait étonné ; mais en y pensant il pourrait s'imaginer, pauvre père ! que j'ai du chagrin, des regrets... et il ne faut pas du tout qu'il croie cela..... Oh ! non, monsieur Jean, il ne faut pas l'y faire penser ; ce serait le pire chagrin pour moi ! »

La voix de Miette s'éteignit dans les larmes, et elle pleura quelque temps, ses deux mains sur ses genoux. Jean la regardait et pleurait aussi.

« Vous me faites bien de la peine, mademoiselle Miette, lui dit-il enfin. Je vous aimais pourtant bien, moi ! Et quand je pense qu'un autre peut-être saura mieux vous persuader...

— Un autre ! oh ! ne le croyez pas ! Si j'avais pu... si j'avais été libre... comme j'aurais été heureuse aujourd'hui. Mais puisque je suis obligée de vous refuser, soyez sûr que je ne me marierai jamais. Vous me pardonnez, n'est-ce pas? Il faut avoir du courage dans la vie. S'il n'en coûtait rien pour faire son devoir, tout le monde le ferait. Allons, adieu, monsieur Jean, il faut que j'aille au-devant de mon père : il reste bien longtemps en bas. »

Elle se leva et alla ouvrir la porte ; mais elle poussa un cri.

« Qu'est-ce que cela veut dire? un de ses petits moulins qui est tombé là ! Voyez donc s'il n'est pas entré chez votre mère. »

Mme Lebeau était sortie et sa porte fermée à clef. Jean descendit l'escalier en courant. Il remonta presque aussitôt, pâle comme un mort.

« Il est arrivé malheur à mon père ! s'écria Miette.

— Non... j'espère... je ne sais pas... Il paraît qu'il est monté quelque temps après moi, et qu'au bout d'un moment on l'a vu redescendre et sortir tout seul. Il marchait vite, comme s'il avait vu clair. La dentellière l'a appelé pour lui demander où il allait ; il n'a pas répondu et n'a même pas retourné la tête.

— Il est monté jusqu'ici ! il s'est arrêté à cette porte ! dit Miette. Oh ! mon Dieu ! s'il avait entendu ce que nous disions ! Vous croyez qu'il l'a entendu ; vous en êtes sûr, je vois cela à votre air... Et à présent.... comment faire pour le retrouver ? »

Miette ouvrit la fenêtre et regarda dans la rue. Un

épais brouillard obscurcissait l'air ; on ne voyait pas à dix pas devant soi.

« Je vais le chercher d'un côté, vous de l'autre, dit-elle à Jean. Dieu aura peut-être pitié de nous.

— Non, dit Jean, il faut que vous restiez ici. Que deviendrait-il s'il ne vous trouvait plus quand il rentrera ? Car peut-être que nous avons tort de nous inquiéter ; peut-être qu'il sera bientôt de retour. Je vais me mettre à sa recherche et je vous promets de le ramener. »

Un bras vigoureux l'arrêta.

CHAPITRE XXIX

A travers le brouillard.

Le père Carilès n'était pas resté longtemps chez la dentellière. Il avait commencé par s'y installer commodément, assis comme d'habitude dans un vieux fauteuil de paille où l'on ne manquait jamais de le conduire dès qu'il entrait. Il avait vendu des moulins aux petits acheteurs qui l'attendaient ; et puis il avait causé du temps qu'il faisait, du soleil qui avait réchauffé ses vieux membres, et qui commençait à se perdre dans le brouillard, des affaires de Miette qui marchaient bien, et du voisin Jean Lebeau, qui était un si brave garçon, et qui venait, lui dit la dentellière, d'acheter l'atelier de

son patron. Enfin, comme il était entré des personnes
étrangères dans la chambre, Carilès, jugeant qu'il n'avait
plus rien à faire là, avait tout doucement gagné l'escalier. Arrivé à sa porte, comme il était un peu essoufflé
d'avoir monté, il s'arrêta pour se reposer, et il saisit
quelques paroles qui lui donnèrent envie d'en entendre
davantage. Il écouta donc ; et quand il eut écouté
quelques instants, au lieu d'ouvrir la porte et d'entrer
chez lui, il se détourna, redescendit l'escalier en chancelant, sortit sans entendre la dentellière qui l'appelait,
et s'en alla au hasard dans la rue, sans savoir où il allait,
ni ce qu'il cherchait.

Il marchait, il marchait toujours, grelottant sous
l'épais brouillard qui pénétrait peu à peu ses vêtements
de son humidité glaciale. Le temps s'écoulait et le jour
s'assombrissait de plus en plus. Les rares passants qui
remarquaient Carilès, s'étonnaient de le voir. « Un
marchand de moulins à vent ! à qui croit-il les vendre,
par un temps pareil ? Tous les petits enfants jouent au
coin du feu, et ne mettent même pas le nez à la fenêtre.»
Puis, comme chacun d'eux était pressé de rentrer et de
retrouver la chaleur de son foyer, on passait rapidement,
et Carilès continuait sa marche égarée.

Il avait comme du feu dans la tête et dans le cœur. Il
ne raisonnait pas, il souffrait. Peu à peu cependant il
rassembla ses idées, il se rendit compte de ce qui se passait, il se rappela nettement ce qu'il avait entendu, et sa
douleur ne diminua pas, au contraire. Miette n'était plus
une petite fille ! Miette était une femme, et elle pouvait

souhaiter, comme les autres jeunes filles, de se marier,
d'avoir une famille à elle, d'être maîtresse de maison !
et elle le souhaitait en effet ! N'avait-elle pas dit à Jean
Lebeau qu'elle eût été heureuse de devenir sa femme,
si... — si le vieux Carilès n'eût pas été de ce monde, —
se disait-il.

Ainsi c'était lui, Carilès, qui aimait tant Miette, lui
qui aurait donné sa vie pour elle, c'était lui qui l'empêchait d'être heureuse ! Car elle ne serait jamais heureuse, elle ne se marierait jamais, elle l'avait dit à
Jean Lebeau. Elle resterait toujours avec Carilès, et
elle lui cacherait son chagrin ; elle le tromperait, elle
ferait semblant d'être gaie, elle chanterait, elle rirait ; et
comme il était aveugle, il ne verrait pas ses yeux rouges
et ne saurait pas quand elle aurait pleuré. Elle le croirait du moins ; mais lui, il devinerait sa tristesse, à sa
voix, à ses mouvements, à tout ! et il serait aussi malheureux qu'elle, plus même, puisqu'il aurait de plus le
remords de causer son chagrin.

Tout en pensant et en souffrant ainsi, Carilès était
arrivé bien loin de sa demeure, lorsqu'il se heurta
contre un passant qui marchait très-vite. Carilès céda
au choc, tourna sur lui-même, et serait tombé si le passant ne l'eût retenu par le bras et ne l'eût remis sur ses
pieds, un peu brusquement à la vérité, en lui disant
d'un ton bourru :

« Que diable ! faites donc attention !

— Pardon, monsieur, je ne l'ai pas fait exprès, »
répondit doucement Carilès. Et il reprit sa marche.

« Le pauvre homme n'a pas l'air trop solide sur ses jambes, murmura l'autre, apaisé par l'humble réponse du bonhomme. Bah ! quelque ivrogne sans doute. Il n'a pourtant pas l'air d'avoir bu... Mais où va-t-il donc ! il est bien près du bord de l'eau, à ce qu'il me semble : le pied n'aurait qu'à lui glisser... »

Il prit sa course, et en trois enjambées il eut rattrapé Carilès.

Celui-ci ne savait pas où il était et ne s'en inquiétait guère. Il avait passé par tant de rues au hasard, qu'il avait fini par se trouver sur le quai de l'Erdre, à un endroit où il n'y avait plus de parapets, et où la berge, couverte d'une herbe rendue glissante par le brouillard, s'abaissait tout à coup en pente rapide jusqu'à l'eau noire et profonde. Le vieillard marchait tout au bord sans s'en douter ; et le passant arriva près de lui juste au moment où son pied quittait le terrain uni, et où il allait rouler en avant sur la pente gazonnée. Il sentit le sol manquer sous ses pas, étendit les bras et jeta un cri... mais il ne tomba pas ; un bras vigoureux l'arrêta, l'entoura, et le replaça sur le quai.

« Ah çà, mon brave homme, qu'avez-vous donc ? lui dit le passant qu'il avait heurté quelques instants plus tôt. Si je ne m'étais pas trouvé là, vous rouliez dans l'Erdre, et vous savez qu'on ne s'en retire guère, surtout par le brouillard et la nuit. Est-ce que vous aviez envie de vendre vos moulins aux poissons ?

— Je vous remercie bien, monsieur..... je vous demande pardon, monsieur... je ne savais pas que j'étais au bord de l'eau. C'est que je suis aveugle, voyez-vous, monsieur...

— Aveugle ! j'aurais dû m'en douter, s'écria l'autre en se frappant le front. Et comment vous laisse-t-on aller tout seul dehors, sans même un chien pour vous conduire ! Vous n'avez donc pas d'enfants, pas de parents, rien, personne ? »

Le pauvre Carilès ne répondit que par un gémissement.

« Allons, allons, calmons-nous. Vous avez du chagrin, je vois cela ; vous allez me le conter en route, car vous pensez bien que je ne vais pas vous abandonner tout seul au bord de l'eau. Donnez-moi le bras, là ! A présent, dites-moi votre adresse, que je vous reconduise chez vous. Vous demeurez bien quelque part ?

— Vous êtes bien bon, monsieur ! dit Carilès effrayé tout à coup à la pensée de l'inquiétude que devait avoir Miette, depuis si longtemps qu'il était parti. Oui, il faut que je retourne chez ma petite Miette ; je suis sûr qu'elle me cherche, qu'elle est inquiète, la chère enfant ! et c'est encore moi qui lui cause ce chagrin-là ! Je suis sorti comme un fou, sans savoir ce que je faisais : j'étais trop malheureux ! A présent je vais rentrer, je tâcherai d'être gai, et puis... pourvu que le bon Dieu me rappelle bientôt ! »

Et, toute sa douleur le reprenant, Carilès fondit en larmes.

Ils étaient arrivés sur le cours Saint-André. Le sauveur de Carilès le fit asseoir sur un banc, et, l'encoura-

geant avec bonté, il lui fit raconter son histoire. Ensuite,
tout en le soutenant et en le consolant, il le mena
jusqu'à une station de voitures, monta avec lui dans
un fiacre, et donna tout bas au cocher une adresse qui
n'était pas celle de Carilès.

Vous l'avez retrouvé ! s'écria-t-elle.

CHAPITRE XXX

Perdu et retrouvé.

Cependant Jean Lebeau arpentait au hasard les rues de Nantes, s'informant, cherchant, et regardant de tous ses yeux : personne n'avait vu Carilès. Dès que le jeune homme apercevait une forme humaine, estompée par le brouillard, qui eût quelque ressemblance avec le fugitif, il s'élançait sur ses traces : et à chaque fois c'était une nouvelle déception. Le pauvre garçon avait le cœur déchiré ; il se représentait les angoisses de Miette ; il craignait qu'elle ne lui reprochât d'être cause du malheur de Carilès, et il continuait à chercher sans grande espé-

rance de réussir : Nantes est si grand ! mais il n'osait
pas revenir seul auprès de la jeune fille.

Le soir était venu, la ville s'éclairait peu à peu, et les
lumières rayonnaient dans le brouillard d'une lueur
terne et rougeâtre, qui ne pouvait parvenir à dissiper
l'obscurité.

Jean fut tout à coup violemment heurté par le bran-
card d'une voiture.

« Gare donc ! » s'écria le cocher en arrêtant son
cheval.

Jean se rejeta de côté ; et dans ce mouvement, il aperçut les gens qui étaient dans la voiture.

« Père Carilès ! s'écria-t-il en s'élançant sur le mar-
chepied et en se cramponnant à la portière. Père Carilès ! où allez-vous ! vous voulez donc faire mourir
Miette de chagrin !

— C'est Jean ! monsieur ! dit l'aveugle à son com-
pagnon. Faites arrêter, je vous en prie, que je parle à
Jean !

— Montez avec nous, monsieur Jean, dit le sauveur
de Carilès. Nous vous expliquerons tout, et la voiture
vous mènera ensuite chez Mlle Miette ; de cette façon elle
sera plus vite rassurée. »

Jean n'avait pas le loisir de s'étonner ; il était
trop content d'avoir retrouvé Carilès. Il obéit, et la
voiture repartit, et se perdit bientôt dans le brouillard.

Que faisait pendant ce temps, la pauvre Miette,
restée seule avec son inquiétude ? Elle avait essayé de

reprendre son travail, mais ses mains tremblantes ne pouvaient tenir l'aiguille. Elle avait ranimé le feu, et approché de la cheminée le fauteuil de paille où l'aveugle s'asseyait le soir ; elle avait mis sa pipe sur une petite table à portée de sa main, disposé ses pantoufles et sa vieille lévite à leur place habituelle, et puis elle avait fondu en larmes à la pensée que peut-être tous ces apprêts étaient inutiles et qu'elle ne le reverrait plus jamais ! « Si la voisine rentrait, se dit-elle, je la prierais d'attendre mon père et de prendre soin de lui quand il reviendra, et j'irais à sa recherche, je le trouverais peut-être, moi ! »

Mais la voisine ne rentrait pas et Miette restait inactive et désolée. Elle pensait aussi au chagrin de Jean, et c'était une peine de plus pour elle. Plusieurs heures se passèrent ainsi, et Miette allumait tristement la lampe, en pensant aux bonnes soirées qu'elle avait éclairées, lorsque des pas précipités se firent entendre sur l'escalier. Miette ouvrit sa porte, le cœur palpitant, et sa lampe éclaira le visage joyeux du jeune menuisier, qui montait les marches quatre à quatre.

« Vous l'avez retrouvé ! s'écria-t-elle.

— Oui, il vit, il se porte bien ; vous le reverrez. »

Miette, d'abord, ne trouva pas de paroles. Elle rentra chez elle, s'assit et se mit à pleurer tout doucement.

« Que vous êtes bon ! dit-elle enfin. Mais est-ce bien sûr ? Qui vous l'a dit ? Où est-il ? Pourquoi n'est-il pas avec vous ?

— Je l'ai vu, je lui ai parlé, il m'a parlé longuement ; ainsi rassurez-vous. Il vous recommande d'être tranquille et de ne pas vous inquiéter...

— Mais pourquoi ne l'avez-vous pas ramené ? On me cache quelque chose : il est malade, blessé, que sais-je, moi !

— Il n'est pas malade, il n'est pas blessé ; mais il ne peut pas revenir à la maison aujourd'hui, ni demain ; vous le reverrez dans quinze jours, au plus tard.

— Quinze jours !... et je ne pourrai pas aller où il est ?

— Non, c'est défendu... Mais ne pleurez donc pas ! Voyons : ai-je l'air d'un porteur de mauvaises nouvelles ? »

Jean avait l'air si radieux que Miette se sentit un peu rassurée.

« Quinze jours loin de lui ! dit-elle tristement. Il faut qu'il soit bien changé pour consentir à me faire ce chagrin-là.

— Bah ! c'est un petit mal pour un grand bien. Moi, j'ai la permission d'aller le voir, et je vous apporterai tous les soirs de ses nouvelles. Ma mère, que j'ai rencontrée tout à l'heure, et à qui j'ai conté ce qui se passe, viendra demeurer avec vous pour que vous ne soyez pas seule, et... ayez bon courage, je vous promets que tout ira bien. N'avez-vous pas confiance en moi ? »

Un faible sourire de Miette lui répondit. Jean, craignant probablement de ne pas savoir se taire, s'il

restait près d'elle, lui souhaita le bonsoir et se retira, et
Miette demeura seule, livrée à ses réflexions, et se
creusant en vain la tête pour deviner ce qu'on ne voulait pas lui dire.

Se noyer ! s'écria Miette.

CHAPITRE XXXI

Au bout de quinze jours.

C'est bien long deux semaines d'attente ! Celles-ci parurent deux siècles à Miette, quoique Jean vînt tous les soirs lui dire « que ça marchait comme sur des roulettes ». Mais quand Miette voulait lui faire expliquer quelle était la chose qui marchait si bien, il riait et devenait muet comme un poisson. Le troisième jour après la disparition de Carilès, le jeune homme se montra si joyeux que Miette le crut un peu fou. Il ne pouvait tenir en place ; il errait dans la chambre, chantonnant, sifflotant, éclatant de rire tout à coup, et laissant échapper des mots sans suite que Miette ne pouvait parvenir à

29

relier. « Le brave homme !...... Quel bonheur !......
Voilà une chance ! le bon Dieu s'en mêle pour sûr !....
Vive la joie ! »

Le lendemain et les jours suivants il était plus calme,
mais tout aussi content. Mme Lebeau paraissait très-gaie
aussi. Elle pria Miette, à ses heures de loisir, de l'aider
à faire son déménagement ; car elle avait à s'installer
dans le nouveau logement que son fils allait occuper et
qui était contigu à l'atelier de menuiserie dont il devenait le maître. Miette l'aida, non sans étouffer un soupir en songeant que sa place aurait pu être là ; mais elle
reporta toutes ses pensées vers son vieux père adoptif
et la joie qu'elle aurait de le revoir, et elle mit tout son
goût et tous ses soins à ranger et orner la chambre de
Mme Lebeau, et une autre pièce plus grande et plus belle,
où l'ancien patron, qui n'avait pu emporter tout son
mobilier, avait laissé une belle commode à poignées de
cuivre, une grande armoire à linge, une bonne table à
pieds tournés, et un lit orné d'une courte-pointe en ca-
maïeu violet, sur laquelle des chasseurs à cheval, la
casquette sur la tête et le cor à la bouche, poursuivaient
un cerf à travers un paysage de fantaisie. C'était Jean
qui devait habiter cette chambre, et Miette s'étonnait un
peu qu'il n'eût pas réservé toutes ces splendeurs à sa
mère.

Quinze jours s'étaient écoulés ; le déménagement
était terminé. Quand tout fut prêt, quand les casseroles
de cuivre suspendues aux parois de la cuisine y étalè-
rent leurs disques étincelants ; quand les assiettes et les

tasses peintes de fleurs chimériques firent ressembler le vaisselier à un parterre ; quand les rideaux blancs voilèrent toutes les vitres de leurs plis neigeux ; quand enfin il ne manqua plus le moindre clou nulle part, Jean regarda tout autour de lui d'un air de satisfaction, et, se frottant les mains :

« Là ! dit-il, un roi n'est pas mieux logé ! A présent, mademoiselle Miette, je vais vous reconduire chez vous, avec ma mère, et je vous dirai, quand nous y serons, quelque chose qui vous fera plaisir. »

Miette ouvrait la bouche pour demander de quoi il s'agissait ; et de quoi pouvait-il s'agir, sinon du retour de Carilès ? Mais Jean l'arrêta d'un geste.

« Motus ! dit-il. Je vous conterai ça chez vous ; pas plus tôt. En route ! »

Ils furent bientôt arrivés : Miette se sentait des ailes. Jean entra, fit asseoir sa mère et la jeune fille, et alla fermer la porte. Puis, il se pencha à la fenêtre, regarda dehors et ne parut nullement pressé de commencer son récit.

« Eh bien ! monsieur Jean ? je vous attends, dit Miette impatiente.

— Un petit instant, s'il vous plaît, mademoiselle... Bien ! nous y sommes. »

Il ferma soigneusement la fenêtre et revint s'asseoir en face de Miette.

« Je vous ai dit, mademoiselle, que j'avais retrouvé le père Carilès. Il paraît que le pauvre cher homme avait manqué se noyer.

— Se noyer ! s'écria Miette en joignant les mains.

— Il ne s'est pas noyé, soyez tranquille ; il y avait là quelqu'un qui l'en a empêché. Ce quelqu'un lui a fait conter son histoire, et, en l'écoutant, il a eu une idée. Oh ! une fameuse idée !... En voilà un homme, celui-là ! Il a causé un quart d'heure avec le père Carilès, et puis il est monté avec lui dans une voiture, et il l'a conduit dans une certaine maison.... ça n'est pas bien clair ce que je vous dis là, mais vous comprendrez mieux tout à l'heure... Non, ce n'est pas chez vous qu'on vient, ce sont mes ouvriers qui vont chercher les derniers meubles de ma mère... J'ai rencontré le père Carilès au moment où on l'emmenait dans cette maison, et il m'a tout raconté. S'il ne m'avait pas rencontré, le monsieur qui l'avait empêché de tomber à l'eau serait venu vous rassurer ; mais comme j'étais là, on a mieux aimé me charger de la commission. Enfin, voilà quinze jours aujourd'hui que le père Carilès est dans cette maison, et comme il n'a plus rien à y faire.....

— Eh bien ? dit Miette haletante.

— Eh bien ! reprit Jean après avoir regardé du côté de la porte, comme il n'a plus rien à y faire, il vient d'en sortir, et.... »

Il n'eut pas le temps d'en dire davantage. Miette, qui avait entendu derrière la porte une petite toux de vieillard, à elle bien connue, s'était précipitée de ce côté ; elle avait vivement ouvert, et Miette était dans les bras de Carilès.

Miette était dans les bras de Carilés. (P. 232.)

« Ma chérie ! ma mignonne ! ma belle petite fille !
s'écriait-il en la comblant de caresses. Mon Dieu ! que
je suis heureux ! Est-elle gentille ! est-elle devenue jolie
depuis que je n'ai pu la voir !

— Voir ! il voit ! Est-ce vrai ? bien vrai ? demandait la jeune fille, toute tremblante, à Jean et à un
vieux monsieur qui accompagnait Carilès.

— Aussi vrai que je suis médecin, il voit, mademoiselle, dit l'inconnu.

— Et c'est vous qui l'avez guéri, monsieur !

— Je le pansai. Dieu le guérit, comme a dit un
ancien maître. M. Jean Lebeau a dû vous raconter,
mademoiselle, comment j'avais eu le bonheur d'arrêter
votre père au bord de l'eau ; je lui ai naturellement
demandé pourquoi il marchait si près de la rivière, et,
apprenant qu'il était aveugle, je l'ai emmené chez moi
pour examiner ses yeux. J'ai reconnu bien vite une
cataracte, et comme j'en ai opéré bien d'autres, j'ai eu
tout de suite bon espoir de rendre la vue à votre père.
Seulement, comme après tout l'opération pouvait ne pas
réussir, je n'ai pas voulu courir le risque de vous donner une fausse joie. D'ailleurs, il fallait à mon patient
le plus grand calme. Je l'ai donc conduit dans une maison de santé ; l'opération a été faite deux jours après, et
il a fallu encore quelque temps pour l'habituer gra-
duellement à supporter la lumière. Je vous le ramène
bien guéri... Non, ne me remerciez pas, je suis trop
récompensé par le plaisir de rendre la joie à de si braves

cœurs. J'ai seulement une petite grâce à vous demander.....

— Oh ! monsieur ! disposez de nous !

-- Bien : après la première il y en aura peut-être une
seconde. Pour le moment, je vous prie de venir dîner
chez moi, avec votre père, monsieur Jean et madame Lebeau. A ce soir, à six heures, n'est-ce pas?
Je vous laisse, vous devez avoir bien des choses à vous
dire. »

Elle prit le bras de son père.

CHAPITRE XXXII

Où tout le monde est content.

Qu'ils avaient de choses à se dire, en effet, Miette et Carilès ! La jeune fille raconta ses angoisses quand elle l'avait cru perdu, sa joie quand elle l'avait su retrouvé, sa tristesse, ses inquiétudes, son impatience pendant leur séparation ; elle le gronda tendrement de sa fuite. Carilès fit amende honorable et promit de ne jamais recommencer ; il n'y avait plus de danger, d'ailleurs, depuis qu'il y voyait clair. Il ne se lassait pas de contempler Miette, et il la pressait d'un ton enjoué de faire sa plus belle toilette pour aller dîner chez le médecin :

30

c'était la première fois de sa vie que Carilès était invité à un grand dîner.

Enfin l'heure de partir arriva. Jean et sa mère frappèrent à la porte. « Nous sommes prêts, mon enfant, » répondit Carilès ; et Miette rougit. Elle prit le bras de son père adoptif, attentive à diriger ses pas, et oubliant à chaque instant qu'il n'était plus aveugle. Carilès l'en faisait apercevoir, et jouissait comme un enfant de tout ce qu'il voyait.

Inutile de dire que le dîner fut très-gai. Le docteur, qui passait pour fier auprès des uns, pour bourru auprès des autres, parce qu'il était trop sincère pour faire bonne mine aux gens qu'il n'estimait pas, se montrait le meilleur et le plus aimable des hommes quand il avait

affaire à de belles âmes. Il s'y prit si bien qu'à la fin du repas, Miette et Mme Lebeau, les seules de la société qui ne l'eussent jamais vu avant ce jour, le considéraient déjà comme un ami.

Au dessert, le docteur choisit une bouteille, et, remplissant lui-même les verres :

« A la santé du père Carilès ! à ses yeux reconquis, et puisse-t-il s'en servir encore pendant vingt ans !

— A la vôtre, monsieur ! répondit Carilès, et que Dieu se charge de vous payer ma dette. Moi, je ne suis qu'un pauvre homme, mais je vous bénirai tous les jours de ma vie.

— Bien, bien, ne parlons pas de cela : à quoi servirait un médecin, s'il ne guérissait pas les malades? J'ai encore quelque chose à demander à Mlle Miette, qui m'a promis de ne rien me refuser...

J'ai à lui demander de vouloir bien habiter un certain appartement que j'ai visité tout à l'heure, et qui est, ma foi! fort bien arrangé. J'ai remarqué qu'il y reste une chambre vide, tout exprès pour y mettre les meubles du père Carilès, qui n'a plus besoin d'être soigné et surveillé  comme un petit enfant. Il me semble que Mlle Miette n'a plus aucune bonne raison pour refuser d'être madame Jean Lebeau?

— Je ne refuserai pas davantage non plus, répondit Miette en tendant la main à Jean. Je sais si bien qu'il sera un bon fils pour mon père!

— Et vous une bonne fille pour moi, n'est-ce pas Miette? dit la mère Lebeau. Nous allons être heureux à nous quatre, comme on n'a jamais été heureux!

— A quand la noce, à présent? demanda le docteur. J'espère que vous m'inviterez?

— Je crois bien! s'écria Jean. Nous ferons le dîner de noce dans l'atelier. Ce sera ma manière de fêter ma maîtrise. Pour le jour, ce sera aussitôt qu'il plaira à Mlle Miette; dès demain, si elle veut.

— Demain! mais c'est impossible! dit la jeune fille. Ne faut-il pas des affiches, des bans? Et ma toilette?

cette robe de mousseline qui convient si bien à la femme d'un maître menuisier?

— Demain, c'est vrai, ce serait peut-être un peu court pour faire la robe; mais en deux ou trois jours, avec l'aide de ma mère, vous en viendrez bien à bout. Et pour ce qui est des autres choses, on s'en est occupé depuis que le père Carilès n'est plus aveugle: tout est prêt. »

Miette n'en revenait pas : c'était vrai pourtant. Carilès n'avait pas douté de son consentement, et l'on put décider que le mariage se ferait la semaine suivante. On but à la santé des fiancés, et, cette nuit-là, Carilès et Miette à cause de leurs émotions, ne dormirent guère; mais ils ne s'en plaignirent pas : ils aimaient mieux se sentir vivre.

Pendant les huit jours qui s'écoulèrent entre le retour de Carilès et le mariage de Miette, le bonhomme voulut reprendre son ancien métier, et on le vit parcourir les rues de Nantes avec son flageolet et ses moulins. Il alla tout d'abord à la Ville-aux-Roses, où il voulait raconter ses grandes aventures à Mme Terrasson.

L'excellente femme l'écouta avec un intérêt ému. Elle avait vieilli, ses cheveux blonds commençaient à grisonner; mais elle avait toujours le cœur aussi jeune, et elle se réjouit du bonheur de Miette. Elle était un peu plus riche qu'autrefois et toujours aussi heureuse. Les trois garçons étaient presque des hommes, ils gagnaient déjà honorablement leur vie; et Pauline, deve-

Madame Terrasson lui mit sa couronne. (P. 243.)

nue une belle jeune fille, soigneuse et posée, s'occupait
du ménage de sa mère, en attendant qu'elle allât gou-
verner le sien propre, comme sa mère le dit en souriant
à Carilès.

Ensuite le vieillard se dirigea vers les Halles. Il n'es-
pérait pas y voir la Robert, qui était vieille et ne venait
plus guère en ville, mais elle y envoyait toujours les
produits de la ferme, qu'une de ses nièces se chargeait
de vendre, et Carilès était porteur d'une lettre de Miette
pour la Robert. La nièce, qui avait fréquenté l'école de
Couëron, promit de lire la lettre à sa tante sans en sauter un mot.

Le jour du mariage arriva, et jamais fiancée ne fut
entourée d'amis plus sincères et plus fidèles que ceux
qui suivirent Miette, au retour de l'église, dans le grand
atelier dont elle allait devenir la reine. Mme Terrasson
avait tenu à offrir la toilette de la mariée et à venir lui
mettre sa couronne et son voile, « comme je ferai bientôt pour ma fille, » avait-elle dit. La Robert avait
fourni la principale pièce du festin, le plus beau dindon
de sa basse-cour ; et de plus elle avait garni sa carriole
de pommes de terre et d'autres provisions d'hiver, pour
apprendre la prévoyance au jeune ménage. Elle s'assit
à table auprès du père Carilès et chacun d'eux se plut
à rappeler les souvenirs de l'enfance de Miette.

« Cher père, disait la jeune femme attendrie, quand
je pense à tout le bien que vous m'avez fait, je sens que
je ne pourrai jamais vous aimer assez, et je trouve que

j'avais bien raison de renoncer à tout le reste pour vous soigner.

— Heureusement que je n'en ai plus besoin, répondit le bonhomme ; mais moi, quand je me rappelle quel misérable sans-souci j'étais autrefois, inutile à moi-même et aux autres, et que je vois le chemin que tu m'as fait faire, je me dis que, de nous deux, celui qui a le plus de raisons d'aimer l'autre, c'est encore moi. Car enfin, quand la vieillesse serait arrivée, qu'est-ce que j'aurais pu devenir si je ne t'avais pas eue ? Je serais mort dans un coin sur un peu de paille, comme un chien, sans être aimé ni regretté de personne. Va, ma bonne fille, tu ne me dois rien : on parle toujours du bien que les parents font aux enfants, mais moi, je trouve que les enfants en font encore davantage à leurs parents. »

Carilès et ses petits enfants.

CHAPITRE XXXIII

Où l'on dit adieu à Carilès.

Il est bien vieux maintenant, le père Carilès ! Son
âge, qu'il ne sait pas bien au juste, flotte entre soixante-
quinze et quatre-vingts ans ; mais il est encore vif et
alerte, et se sert de ses yeux comme s'il n'avait jamais
été aveugle. Le soir de sa vie est doux et riant comme
un beau soir d'automne ; il voit prospérer autour de
lui la famille de sa fille adoptive, et il se sent tellement
aimé de Miette, de Jean et de leurs petits enfants, qu'il
aura, dit-il, du chagrin de mourir, surtout à cause de
la peine que cela leur fera.

A l'opposé de presque tous les vieillards, à qui leur

31

mémoire retrace surtout avec netteté les années de leur
enfance et de leur jeunesse, il semble avoir oublié les
siennes, ou du moins il évite d'en parler ; sa mémoire
commence à l'heure où il releva dans ses bras la pauvre
petite créature blessée et mourante qui devait être son
bon ange et faire de lui un homme utile. Il a bien
réfléchi là-dessus, et il se sent honteux d'avoir vécu
tant d'années sans savoir pourquoi, ni pour qui.

« Quand je pense que je n'ai rien fait de bon
jusqu'à près de soixante ans ! dit-il quelquefois à
Miette.

— Vous vous êtes si bien rattrapé depuis, cher
père ! » répond la jeune femme en riant.

Jean travaille de toutes ses forces et de tout son
cœur, et comme il s'est fait un renom d'habileté et de
probité tout ensemble, l'atelier ne chôme jamais, et
l'on y entend toute la journée le bruit joyeux des outils
avec celui des chansons. Qui travaille bien a le cœur
gai, et on ne souffre pas de paresseux dans l'atelier de
maître Jean Lebeau. Miette a continué pendant quelques années à habiller des poupées ; maintenant elle y
a renoncé, car elle a bien assez d'occupations avec ses
enfants, qu'elle élève elle-même, et les soins du ménage,
dont elle décharge le plus possible sa belle-mère devenue vieille et cassée.

Jamais enfants n'ont été plus ni mieux aimés que
ceux de Miette ; elle veut, dit-elle, leur rendre tout
le bonheur dont elle a été privée dans son enfance.
Quand elle passe avec eux sur la place Bretagne, et

qu'elle voit l'endroit où sa mère mourut occupé par une nouvelle baraque de saltimbanques, elle frémit en songeant au passé ; et si quelque pauvre petite fille pâle et chétive, vêtue d'un maillot rose et d'une jupe pailletée, vient lui tendre la main, elle y met son aumône en la regardant avec compassion, et s'éloigne vite en serrant ses enfants contre elle et en remerciant Dieu.

Carilès a la prétention d'être utile jusqu'à son dernier jour. Quand la pluie fouette les vitres et que le vent siffle entre les portes, il reste bien tranquille à la maison, entre ses cartons, ses baguettes, son pot de colle, et fabrique des jouets pour ses petits enfants et des moulins pour le public. Mais, dès que le soleil brille, il se charge de sa marchandise et s'en va par les rues vendre des moulins aux descendants de ses premiers acheteurs. On n'ose pas s'opposer à ce qu'il sorte ; mais on le prie toujours d'emmener, pour la promener, l'aînée des enfants, une petite fille qui se nomme Fanny, du nom de sa marraine, Mme Terrasson, mais que Carilès ne peut jamais appeler autrement que Miette, parce qu'elle ressemble à sa mère ; et la vraie Miette ne manque pas de recommander en cachette à l'enfant d'avoir bien soin de son grand-père.

Ils s'en vont, le vieillard et la petite fille, à travers les rues de la ville et sur les promenades fréquentées par les enfants. Chemin faisant, Carilès raconte à sa compagne comment il a adopté la petite saltimbanque orpheline, et comment, quand il a voulu l'élever, c'est elle qui s'est trouvée lui faire son éducation à lui-même ;

et de temps en temps il interrompt ses récits pour jeter au vent les notes aiguës de son flageolet et répéter de sa vieille voix cassée son refrain d'autrefois :

Pleurez, pleurez, petits enfants,
Vous aurez des moulins à vent !

NOUVELLES

ET CONTES

———

LE PETIT PRINCE ULRICH

NEDJI LA BOHÉMIENNE — LA BONNE MITCHE

LE

PETIT PRINCE ULRICH

———

I

Le prince Ulrich de Baumgarten–Silberhausen s'en-
nuyait. Il fallait bien qu'il fût prince : car où a-t-on vu
un enfant de sept ans s'ennuyer? A cet âge, on a encore si
peu de travail à faire, et l'on s'amuse de si peu de chose!
Mais Ulrich était prince; c'est pourquoi, au lieu de
passer son jour de naissance à jouer avec des camarades,
à faire un goûter à la campagne, et à dîner en famille
au milieu des caresses et de la gaieté, il avait reçu toute
la journée des députations de toutes les classes et de
tous les ordres des habitants de la résidence. Et tous
les magistrats, les officiers, les syndics, les députés des
corps de métiers et les chambellans du palais, l'avaient
félicité d'être d'une année plus vieux que l'année pré-

cédente, et avaient également félicité l'heureuse principauté de Baumgarten-Silberhausen de posséder un
prince si accompli, en attendant qu'elle eût le bonheur
plus grand encore d'être possédée par lui. Et le petit
prince, en grande toilette, tout brodé et tout galonné,
et chamarré de tous les ordres que lui conférait sa
naissance, avait dû, le chapeau à la main, répondre,
un nombre indéfini de fois, qu'il était reconnaissant,
charmé, ravi, et que c'était toujours avec un nouveau
plaisir qu'il recevait les félicitations des bons bourgeois,
ou des honorables magistrats, ou de la loyale armée
de sa bien-aimée principauté de Baumgarten-Silberhausen. Aussi le pauvre enfant, pendant que son valet
de chambre préparait sa toilette de nuit, s'était-il
plongé avec un air de lassitude ennuyée dans une
grande bergère; et tous les discours de la journée
lui tourbillonnaient dans la tête, et finissaient par se
condenser en un verbe unique : je me félicite, nous
nous félicitons, le pays se félicite, etc., etc.

« Ouf ! s'écria tout à coup Ulrich en se dressant sur
ses pieds, je me félicite de ne pas naître tous les
jours. »

Le valet de chambre sourit.

« Monseigneur désire-t-il quelque chose ? demanda
avec empressement le gouverneur du prince, en s'in-
clinant vers lui.

— Je voudrais quelque chose d'amusant, » dit le
prince en étouffant un bâillement.

Le valet de chambre se rapprocha.

« J'ai trouvé aujourd'hui, au fond d'une armoire, un vieux livre d'images que Monseigneur ne connaît pas, dit-il.

— Donnez-le vite ! » s'écria Ulrich.

Le livre fut apporté, et l'enfant se mit à en tourner les pages, regardant l'un après l'autre les châteaux, forêts, pavillons, rendez-vous de chasse et autres domaines qui étaient, de temps immémorial, la propriété de la famille princière de Baumgarten-Silberhausen.

Il s'arrêta à une gravure qui lui plut particulièrement ; elle représentait une belle maison, assez ancienne, mais d'aspect majestueux, avec une grande porte élevée au-dessus de deux marches. Cette porte ouvrait sur une petite cour égayée par un grand platane ; tout près de la maison seigneuriale se voyaient des granges, et au fond, derrière le mur de la cour, verdoyaient les arbres d'un joli bois.

« Que c'est joli ! s'écria Ulrich. Comment appelez-vous cela, monsieur le baron ?

— Cela, monseigneur, dit le gouverneur en se baissant pour lire le titre de la gravure, c'est votre maison et ferme princière de Grünthal.

— Je le vois bien ! répliqua le petit prince ; mais où se trouve-t-elle, cette maison ? »

Le gouverneur n'en savait rien.

« Comme c'est ennuyeux ! dit l'enfant tout près de pleurer ; je ne pourrai rien avoir de ce que je désire aujourd'hui. Oh ! le vilain jour de naissance !

— Moi, je le sais, monseigneur, dit le valet de chambre. C'est à cinq lieues de la Résidence, dans la plus jolie vallée du monde : il y a de la verdure, des fleurs, une petite rivière, des montagnes tout autour, et des habitants polis, doux, tout à fait braves gens.....

— Je parie que c'est votre pays, Fritz? interrompit le petit prince.

— Justement, monseigneur ; mais ce n'est pas pour cela que je le vante, et si monseigneur y allait voir...

— C'est cela ! je veux y aller ! s'écria l'enfant. Mon père, dit-il en courant au-devant du prince régnant qui entrait, je voudrais bien aller à votre maison de Grünthal. Je vous en prie, ordonnez qu'on m'y mène demain, dès demain matin : je suis si fatigué d'aujourd'hui ! Je serai malade si je ne vais pas à la campagne. »

Le prince régnant sourit. Il connaissait les misères de la grandeur, et il ne s'étonna pas que son fils voulût y échapper un instant. Il donna les ordres nécessaires, et, le lendemain matin, le petit prince, qui avait réveillé toute la maison dès l'aube, partit pour Grünthal dans une grande berline armoriée, en compagnie de son gouverneur, de son précepteur, d'un cocher, de deux laquais et de Fritz.

II

« Monsieur Gutmann! monsieur Gutmann! savez-
vous la nouvelle? Il est arrivé cette nuit un courrier
de la Résidence chez les concierges du château. »

Ainsi parlait un gamin d'une douzaine d'années,
qui montrait sa tête ébouriffée à la fenêtre du parloir
où M. Gutmann, maître d'école et chantre de Grünthal, était occupé à copier de la musique.

Il leva la tête avec stupéfaction.

« Un courrier de la Résidence! Qu'est-ce que cela
peut vouloir dire? Voilà huit ans qu'on n'a vu pareille
chose! Oui, c'était l'année du mariage de notre prince;
il faisait visiter ses domaines à la princesse. On ne les
a plus revus depuis, et c'est bien naturel : ils ont tant
de châteaux plus beaux que celui-ci! As-tu entendu
dire ce que c'était, Johann!

— C'est le petit prince qui a eu envie de voir Grünthal. Tout est en l'air au château : on ouvre les fenêtres, on bat les tapis, on découvre les tableaux, les
lustres, les fauteuils. On attend monseigneur dans deux
ou trois heures d'ici.

— Le cher enfant ! que Dieu le bénisse ! J'espère qu'il ressemble à son grand-père, que j'ai vu souvent quand j'étais enfant de chœur dans sa chapelle : un si beau prince ! Johann, il faut que nous fassions quelque chose pour fêter l'arrivée de monseigneur. Va réunir les enfants de l'école, et envoie-les-moi dans une heure : tu m'entends ? »

Johann fit signe que oui, et partit en courant.

Quand les enfants arrivèrent chez le maître d'école, ils le trouvèrent tout en nage, malgré la fraîcheur d'une matinée d'avril.

Il avait ôté sa perruque, dont il se servait comme d'un éventail, et il fredonnait des vers qu'il venait de composer, où il était question d'un arbre séculaire, d'un jeune rejeton, de la joie des habitants de Grün-thal, et de l'honneur que leur faisait le prince en venant parmi eux.

« Mes enfants, dit-il, le prince arrive ! Si nous avions été prévenus, nous aurions préparé un arc de triom-phe; je crois qu'on aurait même pu utiliser les mor-ceaux de celui qui a servi il y a huit ans pour l'entrée de ses augustes parents; mais le temps nous manque, et je ne vois rien que nous puissions faire, si ce n'est de lui souhaiter la bienvenue en musique. J'ai donc composé des paroles appropriées à la circonstance, et les ai ajustées à l'air que vous savez le mieux; nous allons les étudier, et nous les chanterons à monseigneur. »

Aussitôt dit, aussitôt fait; et Johann à la tête frisée,

et le brun Karl à la mine futée, et le gai Ludwig aux joues rondes, et le sérieux Gottlieb, et le grand Paul, et le petit Friedrich, et tous les autres, entonnèrent l'hymne de toute la force de leurs petites voix.

Le vieux Gutmann leur donnait le ton et les soutenait avec son violon; les paroles furent bientôt apprises, et Gutmann disait : « C'est très-bien, mes enfants ! » lorsqu'on entendit les claquements d'un fouet, le roulement d'une voiture, et le tintement des grelots d'un postillon.

« Ah ! mon Dieu ! voilà monseigneur ! s'écria le maître d'école, et nous n'aurons pas le temps de faire notre toilette. Enfin, j'espère que Son Altesse sera indulgente. Ma perruque ! où est ma perruque ? »

On la lui mit entre les mains; il s'en coiffa aussi droit que l'émotion le lui permit, et, suivi de son troupeau, il se rendit dans la cour où Ulrich venait de mettre pied à terre, et fit demander bien humblement « la permission de souhaiter la bienvenue à monseigneur ».

A cette requête, le pauvre petit prince fit une triste mine : était-il donc venu à Grünthal pour y retrouver les cérémonies qui l'avaient tant ennuyé la veille? Pourtant, comme il avait appris de bonne heure que la patience est la politesse des princes, il se résigna, s'avança sur le perron, un pied en avant, et salua les visiteurs de son petit chapeau à trois cornes.

Alors le vieux Gutmann, ayant joué la ritournelle sur son violon, donna le signal de l'attaque, et toutes les

voix enfantines apprirent à monseigneur, sur un très-
bel air, combien Grünthal était honoré de le recevoir.

Ulrich ne comprit pas très-bien toutes les paroles;
mais il trouva que la musique était jolie, et, regardant
les chanteurs, le vieux maître, et les femmes, jeunes
et vieilles, qui avaient pénétré dans la cour à leur suite,
il se dit que ces gens-là n'avaient point la mine ennuyée
et cérémonieuse de ceux qu'il avait vus la veille, et
qu'ils paraissaient réellement contents de le voir. Les
enfants et les jeunes filles lui souriaient, les vieilles
joignaient les mains d'un air attendri.

Ulrich se sentit tout ému et tout joyeux, et quand
les musiciens eurent fini, sans attendre que son gouverneur lui soufflât une phrase officielle, il s'avança jusqu'au bord des marches et dit :

« Comme on ne m'a pas appris de discours pour vous,
je ne pourrai pas vous en faire; mais je suis très-
content, parce que vous avez l'air de m'aimer *pour de
vrai*, et je veux embrasser ce monsieur qui vous a fait
chanter une si jolie chanson. »

Et, jetant son chapeau à son gouverneur stupéfait,
Ulrich s'élança dans les bras du bon Gutmann.

Celui-ci, confondu, essaya d'abord de garder le déco-
rum et de recevoir un tel honneur avec le respect dû au
fils de son souverain; mais quand il sentit sur sa vieille
joue les lèvres fraîches de l'enfant qui lui donnait un
bon baiser, un vrai baiser de camarade, il n'y tint plus;
il entoura le petit prince de ses bras, et le serra sur son
cœur comme il eût fait à son propre enfant.

Puis il le remit à terre et chercha quelque chose à lui dire; mais il ne put rien trouver, tant il était ému; et Ulrich, qui vit son embarras, le prit par la main et dit à son gouverneur.

« Monsieur le baron, je sais que vous ne connaissez pas Grünthal, ainsi vous ne pouvez pas m'y promener; je vais prier monsieur de me conduire partout, lui qui est du pays, et quand j'aurai tout vu, je reviendrai avec mes petits camarades, que j'invite tous à déjeuner avec moi : mon père a dit que je pourrais m'amuser comme je voudrais toute la journée. »

A cela il n'y avait rien à dire; et les valets s'évertuèrent à dresser la table dans la grande salle à manger, et à la garnir de l'argenterie seigneuriale et des excellentes provisions apportées pour le prince et sa suite. Quelques-uns haussaient les épaules en songeant aux bouches indignes qui allaient s'ouvrir à une nourriture si distinguée; mais Fritz, qui avait déjà fait un tour dans le village et embrassé sa vieille mère, se frottait les mains en répétant : « Ai-je eu une bonne idée! »

C'est pour le coup que le futur prince souverain pouvait se dire heureux comme un roi! Sa petite main dans la main du maître d'école, il parcourait le village, entrait dans les fermes, caressait les chiens et les agneaux, donnait du grain aux poules, riait de la tournure des canards qui se sauvaient devant lui, voyait traire les vaches, et se faisait tout expliquer par les petits villageois, fort étonnés de pouvoir lui apprendre quelque chose.

Il riait, il parlait, il chantait, essayant de se rappeler la mélodie du matin; il s'enivrait d'air, de soleil et de liberté.

Tout à coup il s'arrêta en disant :

« Ah çà, mais j'ai grand faim! Si nous allions déjeuner? »

Les autres ne demandaient pas mieux. Ulrich fit asseoir à son côté le vieux Gutmann, qu'il appelait son ami, et les domestiques qui servirent le déjeuner convinrent que, de mémoire de valet, et même depuis que le château était bâti, on n'avait jamais vu repas si gai dans la salle à manger de la maison princière de Grünthal.

« Quelle bonne journée! dit le petit prince en soupirant de regret, quand vers le soir il lui fallut dire adieu à ses compagnons de jeu. Mon cher monsieur Gutmann, je veux apprendre à jouer du violon comme vous; il faut que vous veniez demeurer chez moi pour me donner des leçons. Vous allez faire vos malles, et demain, j'enverrai une voiture vous chercher. »

Gutmann s'inclina.

« Vous ferez très-bien, monseigneur, d'apprendre à jouer du violon; mais il ne manque pas à la Résidence de maîtres plus savants que moi; au lieu que si mes élèves de Grünthal me perdaient, ils n'en retrouveraient pas un autre. Permettez-moi donc de rester ici; et si vous pensez quelquefois à Grünthal, vous pourrez vous dire : C'est un endroit où l'on m'aime bien. »

Ulrich était tout triste.

« Vous avez raison, mon bon ami, dit-il; et puis, je m'ennuie tant là-bas, vous vous y ennuieriez aussi; vous êtes bien plus heureux à Grünthal. Mais je tâcherai de revenir. A revoir, monsieur Gutmann; à revoir, Friedrich, Johann, Karl, Gottlieb, tous!

— Vive le prince Ulrich! » crièrent en chœur toutes les voix.

NEDJI LA BOHÉMIENNE

—

LÉGENDE

... ——

I

Comme elle se trouvait heureuse aux jours de son enfance, Nedji la bohémienne ! Alerte et légère comme un écureuil, souple et nerveuse comme un jeune cheval sauvage, elle courait par les campagnes, pieds nus et cheveux au vent, jouissant en liberté des beautés de la terre et des cieux. Point de murs qui l'enfermassent comme une prison; point de limites à ses regards : chaque jour de nouveaux horizons se déroulaient devant ses yeux, et de nouvelles routes devant ses pas. Sa patrie, c'était sa tribu; sa demeure, la tente qu'on dressait chaque soir; et quand, se mêlant aux jeux des jeunes filles, elle dansait en agi-

tant en l'air le tambour de basque aux grelots dorés,
et que ses dents blanches brillaient à la clarté d'un
feu de bivouac, toute la tribu l'admirait, Nedji la
bohémienne.

II

Mais un jour vint où tout ce bonheur s'évanouit.
La tribu, violemment dispersée, s'envola aux quatre
vents du ciel. C'était en un pays ignorant, où l'on
croyait à la sorcellerie. Si les troupeaux étaient malades, c'était la faute des bohémiens; si l'incendie
dévorait une grange, c'est que les bohémiens avaient
appelé le feu sur elle; si quelque épidémie ravageait
les villages, sans doute les bohémiens avaient em-
poisonné les fontaines. Malheur à ceux qui s'écar-
taient de leur tribu; la haine et la vengeance les
guettaient au passage : c'était un triste temps pour
les pauvres bohémiens.

Il arriva ainsi que Nedji fut emmenée captive au
milieu des insultes et des menaces; une corde lia ses
mains, et on la jeta épuisée dans une prison. Ce fut
là que, pour la première fois de sa vie, elle dormit
sous un toit, Nedji la bohémienne !

III

C'était une douce enfant que la blonde Babéli, la petite-fille du vieux garde Jacobus, la dernière qui fût restée au vieillard de tous ses enfants et petits-enfants. Il l'aimait de tout l'amour qu'il avait eu pour ceux qui n'étaient plus, et il lui semblait qu'ils revivaient tous en elle. Le sourire de l'enfant éclairait le cœur du vieillard, et il ne craignait rien tant que de voir une larme dans ses yeux bleus. Aussi n'avait-il jamais ouvert devant elle la porte de la prison du château, où il enfermait les vagabonds et les malfaiteurs, en attendant qu'on les conduisît à la ville, car Babéli s'affligeait, rien qu'à penser qu'il y avait en ce monde des méchants et des malheureux. Mais le soir où on lui amena la pauvre Nedji, le vieux Jacobus fut ému lui-même de se voir une si jeune prisonnière. Il y pensa toute la nuit; et le lendemain matin, cherchant à faire un doux réveil au pauvre oiseau mis en cage, il craignit que sa vieille figure ne lui fît peur, et il mit dans les mains de Babéli la soupe et le pain destinés à Nedji la bohémienne.

IV

Elle entra, la petite Babéli, et par la porte grande
ouverte un rayon de soleil entra avec elle et illumina
la sombre prison, éclairant la bohémienne endormie
sur le banc de pierre. Timide, Babéli s'arrêta sur le
seuil. Nedji ouvrit les yeux, et son regard rencontra
celui de Babéli, si attendri, si plein de compassion
et de douceur, que ce fut comme un autre rayon de
soleil qui pénétra jusqu'au cœur de la prisonnière.
Son premier mouvement avait été de renverser cette
frêle enfant et de fuir ; le second fut de lui tendre ses
mains liées, avec un regard suppliant.

« Grand-père, viens la détacher, » cria l'enfant.

Et le vieux Jacobus, qui était resté derrière la
porte pour protéger au besoin sa petite-fille, s'empressa de dénouer la corde qui meurtrissait les poi-
gnets de Nedji. Il lui parla doucement, lui fit espérer
qu'elle serait bientôt libre, l'encouragea, la consola ;
et Babéli, souriante comme si elle eût exercé les
devoirs de l'hospitalité, s'assit près d'elle et la regarda manger ; puis, songeant que le pain sec lui
ferait un triste repas, elle courut à sa petite chambre,
y prit une pomme qu'elle gardait depuis la Noël, et
l'apporta, joyeuse, à Nedji la bohémienne.

V

A partir de ce jour, les deux enfants furent amies.
Le seigneur du château tardait à venir, et c'était lui
qui devait décider du sort de Nedji. La pauvre captive pâlissait et dépérissait en prison; elle y serait
morte sans Babéli. Babéli venait passer de longues
heures auprès d'elle; elle lui apportait des gerbes de
fleurs des champs et des branches vertes de la forêt,
où la prisonnière respirait comme un parfum de liberté; elle lui racontait la vie du village, les travaux
du ménage et ceux des champs, les plaisirs de l'été,
la danse sous les grands arbres, la fête de la moisson
et celle de la vendange, les beaux contes des veillées
d'hiver, et les joies, rêvées six mois d'avance, de
l'arbre de Noël. Elle lui chantait les pieux cantiques
qu'elle avait appris dans la vieille église couverte de
lierre; et Nedji essayait de ployer sa voix éclatante à
ces mélodies sereines. Puis, se levant et saisissant son
tambour de basque, elle entonnait un chant de sa tribu,
en bondissant, légère, sur la pointe des pieds; et
Babéli prenait à son tour le tambour de basque et
tâchait de l'imiter. Si Nedji pleurait au souvenir des
forêts vertes et des plaines sans fin, Babéli l'entou-
rait de ses bras et séchait ses larmes avec des bai-

sers. Quand vint le jour de la liberté, elles s'aimaient comme deux sœurs, la petite Babéli et Nedji la bohémienne.

VI

Le seigneur était venu, et Nedji était libre! Debout à la porte de la prison, elle s'enivrait d'air et de soleil, et semblait une hirondelle prête à prendre son essor. Mais, tout à coup, une pensée triste assombrit son visage. Où aller? Ses amis, où sont-ils? Dispersés, partis! De quel côté de l'horizon se tourner pour retrouver les débris de la tribu? Et cependant, près d'elle, Babéli pleure en serrant sa main, et ses doux yeux semblent lui dire : « Ingrate! tu veux nous quitter! » Le vieux Jacobus voit la tristesse de la bohémienne. « Veux-tu rester? lui dit-il. J'aurai deux filles : Babéli t'aime tant! — Je vous aime aussi! » dit Nedji en prenant leurs deux mains; et elle entra dans la maison du vieux Jacobus.

Désormais, dans la vieille église couverte de lierre, une nouvelle chrétienne vint s'agenouiller le dimanche à côté de Babéli; il y eut une nouvelle danseuse aux fêtes de l'été, et l'hiver, les récits qu'on écouta le plus passionnément à la veillée furent les légendes étranges de fées et de lutins, de pays mystérieux et de peuples inconnus, que racontait aux fileuses émerveillées Nedji la bohémienne.

Était-elle heureuse, la belle enfant de la tribu vagabonde? Parfois elle s'asseyait près de la fenêtre d'où l'on voyait la route s'allonger et serpenter au loin; son regard dévorait l'espace à la suite de l'hirondelle et de la cigogne, et un soupir soulevait sa poitrine. Alors Babéli la serrait dans ses bras : « Tu ne voudrais pas me quitter? » lui disait-elle. Nedji lui rendait son étreinte et répondait : « J'attendrai que tu sois mariée. »

Elles grandissaient toutes les deux, et le vieux Jacobus ne savait laquelle il préférait. Babéli lui plaisait pour sa douceur, Nedji pour sa force, son courage et son activité. Aussi, lorsque Frantz, le fils du garde-chasse, vint lui demander Babéli pour l'emmener dans une ville éloignée, il se consola de la perdre par cette pensée : « Au moins, Nedji me restera! — Tu seras à présent ma fille unique, lui dit-il : le vieillard a besoin de toi ! »

Ce soir-là, Nedji ne se mit pas à la fenêtre pour suivre la route du regard; elle refoula au fond de son cœur son désir de courses lointaines et de liberté sauvage, et elle se dit : « Je suis l'enfant du vieux Jacobus, je ne suis plus Nedji la bohémienne ! »

VII

Pendant six ans elle soigna le vieillard, devenu
infirme; elle l'aima, elle le nourrit de son travail, et
quand il se fut endormi du sommeil du juste en la
bénissant, elle se dit : « Je reverrai Babéli, et je par-
tirai. »

Mais elle ne partit pas. Babéli revint au village,
pauvre mère et veuve désolée. La guerre avait ravagé
le pays qu'elle habitait, et lui avait pris son mari; et
la chaumière du vieux Jacobus était le seul asile qui
lui restât. Elle mit en pleurant ses quatre enfants dans
les bras de Nedji, en lui disant : « Ce ne sera pas trop
de deux mères pour ces pauvres petits ! »

Nedji adopta les orphelins dans son cœur, et tra-
vailla pour eux comme elle avait travaillé pour le
vieux Jacobus. Elle avait compris ce que c'est que
le devoir; le devoir, pour chacun, c'est de faire tout le
bien qui se trouve à sa portée, aussi loin que peuvent
s'étendre les forces de son âme et de son corps. Elle
suivit la route que le doigt de Dieu lui traçait. Elle
n'avait connu ni père ni mère, et elle remplit tous les
devoirs d'une fille; elle ne fut jamais mère, et elle
devint le soutien et la providence de quatre enfants.

Cela dura de longues années, et quand les fils de
Babéli furent devenus des hommes vaillants au travail

et capables de fonder de nouvelles familles, quand ses
filles furent d'heureuses mères, et que Nedji put se
dire : « Personne n'a plus besoin de moi! » que devint-
elle, la pauvre Nedji? Alla-t-elle rejoindre quelqu'une
des tribus errantes qui passaient parfois aux alentours
du village, et dont la vue lui faisait toujours battre le
cœur? Hélas! ses forces étaient épuisées ; vieille, faible
et malade, il lui fallait dire adieu sans retour aux
visions de son enfance. Sa place était désormais dans
l'antique fauteuil du vieux Jacobus, d'où elle souriait
aux jeux des petits-enfants de Babéli, qui l'appelaient
« tante Nedji ». Son regard ne chercha plus la route
blanche qui s'en allait se perdre à l'horizon ; il ne suivit
plus le vol aventureux de l'hirondelle ou de la cigogne ;
il s'éleva plus haut, vers le ciel profond, comme pour
y puiser de la sérénité et du courage, et pour y rêver
une nouvelle patrie qui ne tromperait pas son espé-
rance. Ce fut ainsi qu'elle passa ses derniers jours ;
et la fin de sa vie terrestre fut l'aurore de la vraie
liberté pour Nedji la bohémienne.

LA BONNE MITCHE

I

Elle était bien paisible ce soir-là, la maisonnette du charpentier Louis Rauch. Chaque chose s'y trouvait à sa place ; la bouilloire, la lanterne et la cuiller à pot, fraternellement rangées côte à côte sur leur planche, se reposaient du travail de la journée ; la cruche à bière se rafraîchissait dans un grand baquet d'eau, et dans un coin, sur un fourneau de terre, une petite marmite bouillait tout doucement. Le petit Fritz était à sa place, lui aussi ; car où est après le soleil couché la place d'un enfant de treize mois ? Dans son berceau, évidemment. Or le petit Fritz était dans le sien, bien endormi, et sur ses pieds s'étalaient de petits bas qui gardaient la courbe de ses mollets dodus, et de petits souliers un

peu usés, qui donnaient à penser que leur propriétaire
ne se fâisait pas faute toute la journée de trotter de la
fenêtre à la porte, et même sur la route, quand on le
laissait faire. La bonne chienne Mitché, qui venait
d'exercer son petit à jouer avec la vieille brosse dé-
plumée et le vieux balai sans manche, avait inter-
rompu ses ébats, et son air grave semblait dire à son
rejeton : «On ne joue pas quand le petit maître dort. »

Il y avait pourtant là quelqu'un qui n'était pas
calme ; c'était une femme, debout sur le seuil, d'où
elle écoutait les bruits de la campagne, le murmure
de la petite rivière qui coulait au bas de la prairie,
le frôlement des ailes de quelque oiseau attardé qui
regagnait son nid, et, par moments, des sons saccadés
et sourds qu'une bouffée de vent lui apportait du loin-
tain.

« *Ils* travaillent toujours ! se dit-elle. *Il* ne pourra pas
rentrer, et il doit avoir faim. Je vais lui porter son
souper. »

Elle remplit de bière fraîche une petite cruche,
coupa un gros morceau de pain, versa dans une ga-
melle une partie de la soupe aux choux et du lard qui
mijotaient sur le fourneau, et arrangea tout cela dans
un panier. Puis elle appela la chienne.

« Mitche, lui dit-elle, garde bien l'enfant ! »

Mitche comprit, car elle repoussa doucement son
petit, qui s'était blotti entre ses jambes, et elle se dressa
debout, ses pattes de devant appuyées sur le bord du
berceau.

La mère mit un léger baiser sur le front de son petit Fritz, et partit en fermant la porte.

Elle descendit jusqu'à la rivière, dont elle suivit ensuite le cours. A mesure qu'elle avançait, elle entendait plus distinctement le bruit que faisaient les travailleurs. Enfin, au bout d'un quart d'heure, elle arriva à un endroit où la rivière se rétrécissait un peu. On venait d'y construire un pont de planches, et, au moment où Lisbeth arriva, les gens de l'autre rive s'y entassaient avec leurs troupeaux; car les Allemands approchaient, et il fallait sauver les bestiaux. Louis Rauch, qui avait vu venir sa femme, accourut au-devant d'elle.

« Te voilà, ma pauvre Lisbeth! lui dit-il. Et le petit?

— Mitche le garde, il dort. Je t'ai apporté à souper : tu dois avoir faim. Mais pourquoi ne rentres-tu pas, puisque le pont est fini?

— Tu vois qu'on en construit un autre à côté du premier, dit le charpentier en s'asseyant sur l'herbe pour manger son souper. On n'aurait jamais eu le temps de faire passer tous les bestiaux sur un seul pont en une nuit, et l'on craint que les ennemis ne soient ici demain, et qu'il n'y ait une bataille dans les environs. Nous nous sommes partagés en deux bandes, et chacun se repose à son tour; le pont sera fini dans deux ou trois heures, et demain matin, quand toutes les bêtes seront passées, nous démolirons notre ouvrage pour que les Allemands ne s'en servent pas.

— Et nous! qu'allons-nous devenir!

— Nous partirons : nous n'aurons plus rien à faire
ici, et la place ne sera pas bonne. Retourne à la maison, fais des paquets de ce que tu veux emporter, et
range-les dans la charrette. Va vite et bon courage ;
je retourne au travail : voilà que l'on rappelle ma
bande. »

Lisbeth, toute pâle, serra la main de son mari, et
reprit avec ses vases vides la route de son logis, le
cœur serré à l'idée de quitter sa chère petite maison,
pour ne retrouver peut-être que des ruines quand elle
y reviendrait.

Elle n'était pas encore à la moitié du chemin lorsqu'elle entendit une grande clameur : des cris, des
imprécations, comme un bruit de bataille. — « Si
c'étaient les Allemands? Mon pauvre Louis! » — Et,
n'écoutant que son cœur, Lisbeth revint en courant sur
ses pas ; en quelques minutes elle arriva au pont.

C'étaient bien les Allemands. Mais comme ils n'é-
taient guère qu'une vingtaine, les paysans se jugeaient
capables de leur résister, et, armés de tous les outils
des ouvriers, ils défendaient les abords du pont, pour
laisser aux bestiaux le temps de passer sur l'autre rive.
Lisbeth aperçut son mari au milieu de la mêlée. Elle
jeta un grand cri, s'élança, parvint jusqu'à lui, et, les
bras étendus, s'efforça de le défendre ou du moins de
lui servir de bouclier. A ce moment les gens du village
arrivaient en foule ; le chef des Allemands, craignant de
n'être plus en force, donna un ordre à ses hommes, en
leur montrant la route par où ils étaient venus, et un

autre, en leur désignant le charpentier et sa femme. En
un clin d'œil ils furent saisis, liés ensemble, et un soldat,
les poussant de la pointe de son sabre, leur dit : « En
avant !

— Mon enfant ! mon enfant ! s'écria Lisbeth avec
désespoir.

— En avant ! » répéta le capitaine ; et les deux malheureux furent entraînés.

II

La veille de Noël 1871, il régnait une grande animation dans la cuisine du fermier Limmer. La ménagère, sa vieille mère et sa fille aînée, blondine d'environ douze ans, étaient toutes rouges d'activité, et aussi
de chaleur, malgré la saison, car elles se tenaient à côté
d'un grand feu pour surveiller la cuisson de diverses
friandises, dont les autres enfants de la famille se réga-
laient déjà en idée. Ils étaient là cinq chérubins blonds
et joufflus dont le dernier avait à peine toutes ses dents.
L'un d'eux alla coller un œil indiscret à la serrure
d'une porte soigneusement fermée ; mais il revint d'un
air dépité, en disant : « On ne voit rien ! » et la grande
sœur le gronda gaiement et l'appela petit curieux.

« Voilà si longtemps qu'on n'a eu d'arbre de Noël,
dit l'enfant pour s'excuser.

35

« — On n'en a pas fait l'an dernier, répondit la grand'-
mère en soupirant : on avait le cœur trop triste.

— Le dernier que l'on a fait était si beau! reprit le
petit garçon. Nous étions à Morsbach, et tous nos voisins sont venus le voir. Est-ce que nous n'y retourne-
rons pas, à Morsbach, maman ?

— Non, mon pauvre Bernard, jamais. Morsbach
n'est plus à nous; et si tu y demeurais quand tu seras
grand, il te faudrait porter un casque à pointe et tirer
sur les Français.

— J'aimerais mieux tirer sur moi-même! » s'écria
Bernard.

Sa mère l'embrassa.

« J'entends des pas sur le chemin, dit la fillette, qui
guettait les bruits du dehors : c'est papa et mon oncle,
bien sûr! »

Elle courut ouvrir la porte. Mais elle recula étonnée,
car ce furent deux figures inconnues qui se présen-
tèrent à elle : un homme et une femme pauvrement
vêtus, qui paraissaient tristes et fatigués.

« Voudriez-vous nous permettre de passer la nuit
dans votre grange! dit l'homme, sans entrer. Nous
voulions aller coucher à Bar-le-Duc, mais ma pauvre
femme n'en peut plus.

— Entrez, braves gens, dit la vieille mère : il y a
place à notre feu pour ceux qui ont froid. C'est la Noël :
les voyageurs sont envoyés par Jésus. »

La pauvre femme se laissa conduire sur une chaise
au coin du foyer, et la chaleur parut bientôt la rani-

mer. Elle murmura quelques paroles de remercîments ;
et regardant autour d'elle, elle aperçut les enfants.
Alors elle joignit les mains et se mit à pleurer.

« Excusez, s'il vous plaît, dit l'homme en s'essuyant
les yeux du revers de sa main ; nous avons perdu un
petit qui aurait l'âge de celui-là. »

Il désignait le plus jeune des marmots.

« Pauvres gens ! dit la fermière attendrie. Y a-t-il
longtemps de cela ?

— Dix-huit mois : c'est tout au commencement de
la guerre. Ma femme est venue m'apporter à souper,
un soir que je ne pouvais pas quitter mon ouvrage ;
elle avait laissé l'enfant endormi dans son berceau.
Les Allemands sont arrivés, on s'est battu, et quand ils
ont vu qu'ils n'étaient pas les plus forts, ils sont partis
en nous emmenant de force, ma pauvre Lisbeth et moi.
Ils appellent cela prendre des otages. Ils nous ont gardés
huit jours, en parlant tout le temps de nous fusiller, et
puis ils nous ont laissés aller. Nous espérions que les
gens du village auraient entendu crier l'enfant, et qu'ils
seraient entrés le prendre ; mais quand nous sommes
revenus, le village était vide, la moitié des maisons
brûlées, et la nôtre était de celles-là. Nous avons remué
toutes les pierres pour retrouver au moins le pauvre
petit corps de notre enfant, mais il n'en restait plus
rien. Lisbeth a ramassé en dehors de la porte un de ses
petits souliers ; c'est tout ce que nous avons de lui.
Depuis ce temps-là, j'ai travaillé où j'ai pu, de mou
métier de charpentier, pour nous donner du pain ;

et je voudrais m'éloigner tout à fait du pays, où ma
femme ne fait que dépérir de chagrin. »

Pendant le récit de son mari, Lisbeth avait attiré
à elle l'enfant qui lui rappelait le sien, et elle le com-
blait de caresses. Le petit garçon avait commencé par
s'effrayer un peu; mais sa grande sœur lui avait dit :
« Henri, embrasse la pauvre femme, elle a du chagrin, »
et le petit consolateur avait passé ses bras autour du
cou de Lisbeth et l'embrassait de toutes ses forces.

Des aboiements joyeux retentirent au dehors; la
porte s'ouvrit, et deux chiens s'élancèrent dans la cuisine, suivis des maîtres du logis.

La ménagère mit vite ses hommes au courant de ce
qui se passait. Elle n'avait pas achevé, que l'un des
animaux, qui depuis son entrée n'avait cessé de flairer
les étrangers, se dressant tout à coup debout, posa
ses deux pattes de devant sur les épaules de Lisbeth,
et commença à lui passer sa grande langue rose sur le
visage, en poussant de petits cris de joie.

« Mitche ! s'écria Lisbeth. Louis, c'est Mitche ! »

Mitche quitta Lisbeth pour son mari, revint à la
femme, retourna à Louis, sautant, aboyant; elle était
évidemment folle de joie.

« Où avez-vous trouvé Mitche? demanda Louis
Rauch au fermier. Dites-le-moi, je vous en supplie !

— C'est toute une histoire, répondit celui-ci.

— Et c'est moi qui la dirai, interrompit vivement
sa femme, en regardant Lisbeth, qui répondait aux

caresses de Mitche, sans pourtant lâcher l'enfant. Nous habitions une ferme sur la frontière ; notre bail allait finir quand la guerre commença, et mon mari décida qu'il fallait quitter le pays et venir ici, où mon frère est établi depuis longtemps. Nous partîmes avec nos charrettes, notre mobilier, nos chevaux et nos bestiaux. En passant par un village dont tous les habitants s'étaient sauvés, parce qu'il était venu des Allemands dans les environs la veille au soir, j'entendis dans une maison écartée les cris d'un petit enfant, et ceux d'un chien qui hurlait à faire pitié. J'ouvris la porte, et la pauvre bête vint me lécher les mains et me tirer par ma robe pour me conduire au berceau de l'enfant. Il avait tant crié, le pauvre petit, qu'il en était tout violet. Je vis tout de suite qu'il avait faim, et j'allai traire une de nos vaches pour le nourrir. Quand il eut bien bu, il s'endormit dans mes bras. On ne pouvait pas le laisser là, puisqu'il n'y avait plus personne dans le village. Je pris ses petits vêtements, qui étaient sur le berceau, et je l'emportai. La chienne nous suivit, et son petit aussi ; car elle avait un petit, que vous voyez là et qui est devenu grand depuis. J'oubliais de dire que quand je voulus habiller l'enfant, je m'aperçus que j'avais perdu en route un de ses petits souliers... »

A ce mot, Lisbeth, qui était restée comme frappée de stupeur, n'osant pas comprendre d'abord, accueillant peu à peu l'espoir, et enfin transportée d'une joie immense, souleva l'enfant dans ses bras, et, sans pouvoir dire un mot, le montra à la fermière.

« Oui! gardez-le! il est à vous! » balbutia celle-ci, qui se détourna pour cacher une larme.

. . . .

« J'aime encore mieux cette Noël que celle d'il y a deux ans! dit le petit Bernard, deux heures après, quand le souper tira à sa fin et qu'on eut bien bu à la santé de Louis Rauch, de Lisbeth et du petit Fritz. »

La fermière ne répondit pas. Elle regardait tristement l'enfant, qu'elle aimait comme un des siens. Son mari la comprit.

« Si vous voulez nous rendre tous contents, dit-il à Louis Rauch, vous vous établirez dans notre village. L'ouvrage n'y manque pas, et l'on est obligé d'aller chercher un charpentier jusqu'à Bar-le-Duc; vous comprenez que ce n'est pas commode. Vous ferez très-bien vos affaires ici, et comme cela nous n'aurons pas perdu le petit Henri. — Nous l'appelions Henri, mais nous l'aimerons tout de même sous son vrai nom de Fritz. Cela vous convient-il?

Il faut croire que cela convint à Louis Rauch et à sa femme, car si vous traversez le village de Behomme, vous y verrez, vis-à-vis la ferme de Limmer, un atelier de charpentier, où l'ouvrier chante en travaillant, pendant que Lisbeth, assise auprès de la fenêtre embaumée de réséda, surveille les jeux du petit Fritz et de la bonne Mitche.

FIN

TABLE DES MATIÈRES

NOUVELLES ET CONTES

FIN DE LA TABLE DES MATIÈRES.

PARIS. — IMPRIMERIE DE E. MARTINET, RUE MIGNON, 2

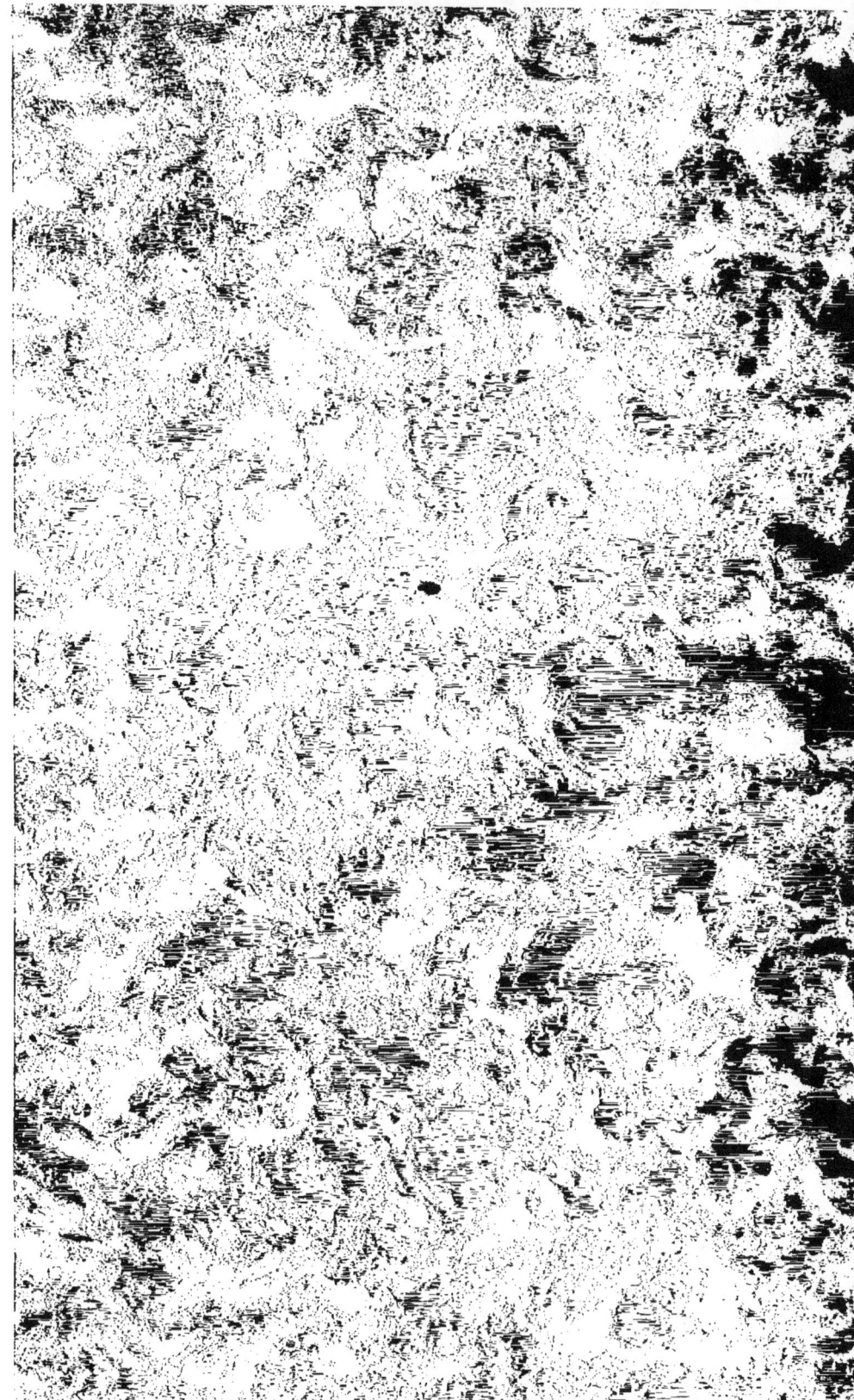